세상의
미운 오리 새끼들에게
들려주고 싶은 말.

illustration & essay

PARK KWANG SOO

참
잘했어요.

난 오리입니다.

사람들이
분류하기로는
난 '새'입니다.

새처럼
아름다운 소리로
노래도 못하고요,

그런
날 사람들은
'미운오리'라고 부릅니다.

날지도 못하고 아름다운 소리로

노래를 못부른다고
날 천덕꾸러기
취급합니다.

세상에는
하늘을 날지 못해도,
노래를 잘 부르지 못해도, 그래도
행복한 일이
넘쳐나거든요.

누가 뭐래도

내 식으로
노래하며
즐겁게
살겁니다.

세상의 모든 미운 오리 새끼들이여,

건 투 를 빈 다

"너는 커서 아주 망할 놈이 되거나

아주 크게 되거나 둘 중 하나일 거다."

어렸을 때 엄마와 아부지는 내게 이런 말씀을 하시곤 했다.

그나마 부모님은 어쩌면 내가 크게 될지도 모른다는 일말의 기대를 놓지 않았지만

선생님을 비롯해 주변의 거의 모든 어른들은 나를 망할 놈이라고 했다.

그도 그럴 것이, 당시의 난 말썽만 부릴 줄 알았지 잘하는 게 하나도 없었다.

나는 어릴 때 칭찬을 받은 기억이 거의 없다.

초등학교 들어가기 전에 이미 다 뗀다는 한글도 4학년이 되어서야

간신히 읽고 쓸 줄 알게 되었고, 같은 반 친구들보다 뒤처지는 탓에 수업이 끝난 후

교실에 남아 '나머지 공부 반'에서 부족한 공부를 마저 해야만 하는 늦된 아이였다.

심지어 중·고등학교 시절에는 말썽꾸러기 친구들과 어울리며 파출소에 종종

드나들게 되면서 집안의 골칫덩이로 전락했다. 그런 나에게 어느 순간 말썽꾸러기,

문제아라는 딱지가 붙었다. 미운 오리 새끼가 되어버린 것이다.

미운 오리 새끼가 되었다는 것은, 더 이상 주변의 그 누구도 내게 아무런 기대를

하지 않는다는 것을 뜻했다. 기대는커녕 '괜히 사고나 치지 말아라.'라는

차가운 시선뿐이었다. 그 모든 것이 내가 만들어놓은 결과물이었지만

그렇다고 그것을 견디는 것이 결코 쉬운 일은 아니었다.

그래서일까? 나는 어릴 때 꿈이 없었다.

그 어떤 것을 꿈꾸든 미운 오리 새끼인 내가 그걸 감히 이룰 수 있을 거라는 생각이

들지 않았고, '어른이 되어서 스스로 밥벌이는 할 수 있을까?' 하는 걱정만 가득했다.

하지만 맹세컨대 스스로 미운 오리 새끼가 되겠다고 작정한 적은 한 번도 없었다.

공부도 못하고 말썽만 피웠지만, 나도 부모님과 선생님에게 그리고

주변 사람들로부터 칭찬받는 아이가 되고 싶었다. 공부를 잘했던 같은 반 친구

노트에 선명하게 찍혀있던 '참 잘했어요' 도장이 그렇게 부러울 수 없었다.

웬만하면 찍어주던 도장이라 친구들 대부분은 그 도장을 대수롭지 않게

생각했지만, 그 도장을 단 한 번도 받아보지 못한 나는 섭섭하고 속상했다.

겉으로는 괜찮은 척했지만 너무 서러워서 몰래 숨어서 운 적도 있었다.

심지어 어른이 되어서도 그 부러운 마음이 쉽사리 지워지지 않아서 '참 잘했어요'
도장과 똑같은 도안으로 팔뚝에 문신을 새겨볼까 진지하게 고민한 적도 있었다.

사실, 누구나 칭찬을 받고 싶어 한다.
떼쓰는 아이도, 번번이 시험에 떨어지는 수험생도, 몇 년째 취직이 안 되는 대학생도,
아이 키우기 힘들어하는 엄마와 회사에서 매일 혼나는 아빠, 그리고 뒷방 늙은이
취급받는 할아버지, 할머니도 특출하게 잘하는 게 없어도 칭찬을 받고 싶은 게
사람 마음이다. 누군가에게 인정받고 칭찬받았을 때 얼마나 기분 좋은가.
그러니 칭찬받을 만한 큰일을 하지 않았다고 해서 칭찬받고 싶은 마음까지
비난할 이유는 없다.

"너는 커서 아주 망할 놈이 되거나 아주 크게 되거나 둘 중 하나일 거다."
라던 부모님의 말, 난 그 말을 칭찬으로 들었다.
당시의 난 이미 망할 놈이었기에 커서도 망할 놈이 될 확률이 다분했지만
'혹시나 크게 될 수도 있다.'라는 뒷말이 큰 희망과 칭찬처럼 여겨졌다.

그림을 배우던 시절에는 화실 선생님이 나를 부르던 애칭(?)이 '미친놈'이었다.

다른 친구들은 선생님이 자신을 그렇게 부르면 기분 나빠하고 싫어했지만, 나는

선생님이 나를 그렇게 불러주는 것이 좋았다. 함께 그림을 배우던 친구들과 다르게

취급받는 것이 왠지 특별하게 느껴졌고, 그 또한 칭찬으로 들려서 좋았다.

당시의 난 누군가의 칭찬이 너무나 고팠던지라 내 마음대로 그들의 말을 해석했고,

그 칭찬 아닌 칭찬을 희망으로 삼으며 살아왔다.

초등학교 때 담임 선생님이 내 인생에 성적을 매긴다면, 어쩌면 내 성적표는

온통 '가'로 도배될지 모른다. 내 초등학교 성적표처럼 말이다.

가정적으로도 엉망이었고, 사업마저도 실패를 겪으며 인생 그래프가

바닥을 치기도 했다. 그래서 난 여전히 미운 오리 새끼인지도 모른다.

오늘날 미운 오리 새끼는 세상의 기준에 못 미치고 뒤처진, 그래서

인정받지 못하고 구박이나 받는 사람을 뜻하는 대명사가 되었다.

그러다보니 누구도 미운 오리 새끼가 되고 싶어 하지 않고 백조가 되길 바란다.

하지만 나는 지난 내 삶에 후회가 없다. 내가 가야 할 길이 어딘지 몰라 많이 헤맸지만

결국은 즐겁고 행복한 삶을 향해 느리지만 한 발 한 발 걸어온 내 삶이

그리 나쁘지 않았다. 덕분에 지금은 소소한 삶의 행복들을 매일

만끽하면서 재미있게 살고 있으니까 말이다.

그래서 난 오늘 끝내 백조가 되지 못한 미운 오리 새끼들을 칭찬해주고 싶다.

자신들이 속한 세상에서 어떻게든 인정받으려 애쓰는 이들과 달리

즐겁고 행복하지 않으면 모두가 옳다고 말하는 길에서도 빗겨 설 수 있는

미운 오리 새끼들의 용기에 박수를 보낸다.

미운 오리 새끼가 되고 싶지는 않았지만 어느 순간 미운 오리 새끼가 되어버린,

하지만 누가 뭐라고 하든 즐겁고 행복하게 자신만의 방식으로

당당하게 살아가는 세상의 모든 미운 오리 새끼들이여, 건투를 빈다.

아 참, 그때 우리가 받았던 '가'라는 점수의 속뜻이

'가능할 가'라는 것은 알고 있지?

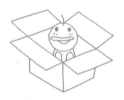

CHAPTER 01.

어쩌면
내가
가장
듣고
싶었던 말

CHAPTER 02.
'참 잘했어요'
마음 온리 새끼여도
고 선찮아

CHAPTER 03.
세상
그 누구보다
내가
먼저
행복해질래

CHAPTER 04.

인생의
가장 아름다운 시절은
아직
오지 않았다

CHAPTER 05.
더 늦기 전에
당신에게
해주고
싶은 말

CHAPTER 01.
어쩌면 내가
진짜 듣고 싶었던 말

코흘리개이던 아주 꼬맹이 시절 나는 툭하면 우는 아이였다.

친구들과의 사소한 다툼도 혼자서 이겨내지 못하고

민방위 훈련 때 나는 사이렌 소리마냥 '에엥에엥~~~' 울면서 엄마를 찾는

소심하고 마음이 여린 아이였던 것이다.

그래서 조용한 동네에 '에엥에엥~~~' 울음소리가 들리면

동네 어른들은 으레 '광수가 우는구나'라고 생각했다고들 한다.

울보라는 소문이 나자 동네 또래 꼬마 아이들에게 나는 소위 '밥'이 되었다.

동갑내기 친구들이나 나보다 한두 살 많은 형들은 물론이고,

나보다 두어 살 어린 동생들도 나를 만만하게 여겨 괴롭히기 일쑤였다.

어린 아이들이라고 해서 다 순진할 것이라고 믿어선 곤란하다.

네다섯 살밖에 안 된 꼬맹이들도 생존을 위한 동물적인 감각으로

'이 사람은 내가 머리를 조아려야 될 사람'과 '이 사람은 만만한 사람'을

분명히 구분하고 경계선을 그었다.

당시의 난 그 경계선 밑에 있었으며 먹이사슬로 치자면

최하위권에 속해 있었다.

"어떤 경우에도 사람을 때리면 안 된다."라는 말을 입에 달고 살면서,

노벨위원회에서 알았다면 진즉 노벨 평화상 후보가 되고도 남았을

평화주의자인 엄마도 내가 하루도 쉬지 않고 누군가에게 맞아

악머구리처럼 악을 쓰고 울면서 집에 들어오는 모습을 더 이상

두고볼 수 없었는지, 어느 날 극단의 조치를 내리셨다.

"누가 널 또 때리면 주변의 돌멩이를 들어 상대 녀석의 머리를 내리치렴."

물론 엄마가 진심으로 한 말은 아니었을 것이다. 쌍코피를 흘리고 울면서

들어오는 아들을 보니, 세상의 모든 엄마처럼 분통이 터져 홧김에

한 말이었을 것이다. 하지만 어리고 순진했던 나는 다음 날 바로 엄마의

말을 실행에 옮겼다. 언제나처럼 날 괴롭히는 덩치 좋은 동네 아이의

머리를 내 손바닥보다 조금 더 큰 돌을 집어 내리쳤고, 기습을 당한 녀석은

"악!" 소리와 함께 손으로 머리를 감싸면서 주저앉았다.

머리를 감싼 손가락 사이로 빨간 피가 보이자, 놀란 나는 허옇게 겁에

질린 얼굴이 되어 집으로 도망쳐왔다.

도망가는 내 등 뒤로 아주 오랜만에 동네에서 나 아닌 다른 아이의

사이렌 소리가 울려 퍼졌다.

집에 들어오자마자 임무를 마친 닌자처럼

나는 얼른 엄마의 치마폭 뒤로 숨었다.

30분쯤 흘렀을까? 누군가 우리 집 대문을 쾅쾅 두드리는 소리가 들렸다.

그 소리에는 뭔가를 팔러 온 사람의 두드림과는 다른 분노가 깃들어

있었고, 엄마는 불길한 느낌을 받았는지 치마를 꼭 잡고 떨어지지

않으려고 하는 나를 한번 힐끗 쳐다보더니 대문 쪽으로 다가가 문을 여셨다.

문 앞에는 내가 휘두른 돌에 맞아 머리가 깨져 반창고를 붙이고 있는 녀석과

그 녀석의 엄마로 추정되는 아주머니 한 분이 서계셨다.

나는 본능적으로 엄마 치마폭 안으로 더 깊숙이 숨었다. 하지만 그 녀석은

범인을 색출하듯 손을 뻗어 나를 가리켰고, 그와 동시에 아주머니는

마치 끈 풀린 성난 투견마냥 엄마에게 거칠게 항의했다.

"아니, 애들 싸움에 돌멩이를 드는 녀석이 어디 있어요?

도대체 어떻게 가르쳤기에 우리 애를 이렇게 만든 거예요?"

아주머니의 항의에 놀란 엄마는 뒤로 한 발짝 물러나며 나 대신 연신

죄송하다고 머리를 숙이면서 치료비를 드리겠다고 말씀하셨다.

그제야 사태의 위중함을 눈치챈 나는 도망가려고 했지만,

엄마는 나의 귀밑머리를 잡아끌어 자신의 앞에 세웠다.

그리고 내게 돌로 맞은 그 녀석에게 사과하라고 엄중하게 말씀하셨다.

끌려 나온 내가 쭈뼛거리며 사과를 하려는 순간 아주머니가 갑자기

태도를 바꾸셨다.

"어머머, 너 광수 아니니? 아, 광수 어머니셨구나?"

엄마와 나는 갑자기 태도를 바꾼 아주머니를 의아하게 쳐다보았다.

"너처럼 순둥이가 그럴 정도면 우리 애가 너한테 심하게 했나보네.

광수 어머니, 치료비는 괜찮아요. 광수야, 이제 우리 아들하고 싸우지

말고 잘 지내렴."

자신의 아들이 다쳤다는 사실에 화가 나 씩씩거리던 아주머니는

처음과 달리 아들의 등짝을 때리며 집으로 돌아갔다. 다행히 아주머니도

'순둥이 광수'에 대한 소문을 익히 들어 알고 있었던 듯하다.

그렇게 다행히 사건은 잘 마무리되었지만

친구를 돌로 때린 사실이 들통난 나는 마루에서 팔 들고 무릎 꿇고 앉는 벌로

그 긴 하루를 끝내야만 했다.

그런데 다음 날부터 예기치 못한, 아주 드라마틱한 효과가 생겨났다.

내가 동네 아이의 머리를 돌멩이로 내리쳐 깨뜨렸단 소문이

아이들 사이에서 삽시간에 퍼졌고,

내게 돌을 맞은 아이는 그 충격으로 뇌를 다쳐

바보가 되었다는 말도 안 되는 소문까지 더해져 퍼져나갔다.

그러자 날 괴롭히던 아이들은 내게 우호적인 태도를 보이기 시작했고,

그렇게 내 꼬맹이 시절은 전보다 조금은 평화로워졌다.

날 괴롭히던 아이들은 예전에 비해 현저히 줄었지만

그 소문을 못 들은 아이들의 괴롭힘에 전처럼 사이렌 소리를 울리며

집에 들어가는 날도 더러는 있었다.

그런 날에는, 나이 차이가 여섯 살이나 나서 웬만해서는 내 일에 개입하지

않던 셋째 형이 우는 나를 달래며 말했다.

"우리 막내를 누가 또 괴롭혔어? 앞장서. 형이 혼내줄게."

그 시절의 셋째 형은 엄마처럼 이성적으로 내가 잘못한 일인지,

잘한 일인지는 따지지 않았다.

그저 내가 울고 들어오는 날에는 팔을 걷어붙이고 나를 괴롭힌 녀석에게

달려가 다시는 괴롭히지 못하게 혼을 내주는 나의 든든한 히든카드였다.

결국은 든든한 형 덕분에 드문드문 나에게 시비를 걸던
녀석들마저 사라졌다.

오십이 된 지금도 여전히 나를 괴롭히는 일들이 많다.
이제 꼬맹이 시절처럼 사이렌 소리를 내며 우는 일은 없지만,
가끔 너무 힘든 날은
그 옛날의 셋째 형이 그랬던 것처럼
누군가 나타나서 말해주길 바라본다.
"우리 광수를 누가 괴롭혔어? 앞장서. 내가 혼내줄게."

"나도
보고 싶었다."는
당신의 말에
무너져버렸다.

당신의 무릎에
내 얼굴을 묻고
엉엉 소리 내어 울면서
서러운 세상의 모든 일을
고해바치고 싶었다.

'보고 싶었다.'란 말
참 힘이 세다.

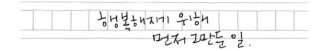

행복해지기 위해
먼저 그만둔 일.

"나 요즘

행복해지기 위해

그만둔 일이 있어."

친구의 그 말에

행복을 위해 무엇을 그만두었는지가 궁금해졌다.

직장을 그만둔 걸까? 아니면

스트레스받는 다이어트를 그만둔 것일까?

궁금해하는 내게 친구가 답을 해주었다.

"거짓말."

거짓말? 거짓말을 그만두었다고?

인생에서 거짓말을 그만두면

행복해지는 거야?

"행복하지 않는데
행복한 척하는 거짓말,
싫은데도 좋은 척하는 거짓말,
슬픈데 슬프지 않은 척하는 거짓말,
맛없는데도 맛있다고 하는
그런 거짓말들을 그만두기로 했어."

거짓말처럼
친구의 얼굴이 환해졌다.

애써 괜찮은 척하는 당신도.

죽고 싶었던 때가 있었다.

끝도 없는 우울의 늪에 빠져 '사는 게 아무 의미 없으니

그냥 죽어버리는 게 낫지 않을까?'라는 절망적인 생각에 사로잡혔던 것이다.

죽기로 결심한 날, 언제 죽는 것이 좋을까 달력을 살피다가

주말에 굉장히 중요한 야구 경기가 잡혀있다는 것을 알게 되었다.

그러자 갑자기 마음이 설레기 시작했다.

'죽더라도 이 경기는 하고 죽어야겠다.'는 생각이 들었다.

오직 야구를 하기 위해 그 주를 버텨냈다.

주말이 지나고 새로운 한 주가 시작되자 또 죽고 싶다는 생각이 들었다.

그런데 이번 주에도 꽤 흥미로운 야구 경기가 잡혀있는 게 아닌가.

'아, 한 경기만 더 하고 죽자.'라고 생각하며 또 한 주를 버텼다.

그렇게 한 주, 또 한 주 야구를 하다보니 죽고 싶었던 마음과 달리

1년이 훌쩍 지나갔다. 그렇게 나는 우울한 날들을,

죽고 싶었던 순간을 내가 사랑하는 야구를 하며 버텨왔다.

나는 사람들에게 종종 말해왔다.

만약 야구가 없었다면 나는 그때를 버티지 못했을 거라고.
그만큼 야구를 하는 그 순간이 너무 행복했었다고 말이다.

힘들어 죽을 것 같지만 주위 사람들이 걱정할까봐 애써
괜찮은 척하는 당신에게도 나처럼 그런 게 있으면 좋겠다.

매일매일 불행하다고 생각하고,
우울에게 잠식당한 당신에게도
너무나 하고 싶은 그 무엇, 잠시라도
당신을 행복하게 만드는 그 무엇이 있다면
덜 외롭고, 덜 힘들지 않을까?

그때 서른이 아무것도 아닌줄
알았더라면.

어린 시절

너무나 두렵던 서른이

이렇게 아무것도

아니라는 것을 알았더라면,

다 시들었다고 생각한 마흔이

그토록 눈부시게 젊은

날인 줄 알았더라면,

그렇게 두려워하고

또 그토록 간절함 없이

맞이하고 보내진 않았을 텐데

라며 지나버린 날들을 후회한다.

그 강들을 다

건너오고 나서야,

두려워하고 포기하며

무심히 흘려보낸 시간들의

소중함을 뒤늦게 깨닫는다.

그렇게 다

지나고 나서야.

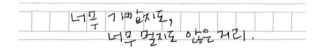

추운 겨울, 고슴도치들은 온기를 느끼기 위해 서로에게 가까이 다가간다.

하지만 슬프게도 너무 가까이 다가가다 서로의 가시에 찔려 상처를 입고

만다. 온기를 채 느끼기도 전에 상처를 입고만 고슴도치들은 놀라서

뒷걸음질 쳐 물러서지만, 이내 파고드는 추위를 견딜 수 없어

다시 서로에게 다가간다.

과연 어떻게 해야 고슴도치들은 서로에게 상처를 주지 않으면서 서로의

따스한 온기로 추위를 견뎌낼 수 있는 최적의 거리를 찾을 수 있을까?

나는 고슴도치들을 보며 문득 아내와 나를 떠올린다.

영화관에서 영화를 볼 때는 팝콘과 음료수가 필수인 아내와

오로지 영화에만 집중하고 싶은 나,

만화를 별로 좋아하지 않는 아내와 만화방에 하루 종일 있어도 좋은 나,

여행을 가면 되도록 많은 것을 보기 위해

꼭두새벽부터 쉴 새 없이 다니는 아내와 느긋한 여행을 좋아하는 나…

그런 우리는 참 다름을 느낀다.

처음에는 다른 게 열 개인 줄 알았는데 살아보니 백 개가 넘는다.

그래서 우리는 고슴도치처럼 서로에게 다가갔다가

얼마나 서로가 다른지를 깨닫고 물러나기를 반복하며 살고 있다.

그런 날들을 통해 서로가 좋아하는 것이 무엇인지,

혹은 싫어하는 것이 무엇인지를 알아가게 되었고

그것들을 조금씩 인정하려는 배려심이 우리의 상처를

더 크게 키우지 않게 해주었다.

그렇게 지금의 우리 두 사람은 너무 가까워서 상처를 주지 않고,

너무 멀어서 외롭지 않은 최적의 거리를 찾아가고 있다.

다시 고슴도치들을 본다.

고슴도치들은 지금 다시 서로에게 다가가고 있다.

이번에는 최적의 거리를 찾을 수 있을까?

참을 수 없는 추위 때문이겠지만, 다시금 용기를 내어

서로에게 다가가는 고슴도치들을 응원한다.

고슴도치야,

너무 놀라지 않게 조금 느리게,

너무 기다리지 않게 조금 빠르게 다가가렴.

안단테,

안단테,

알레그레토.

"넌 잘하고 있어"
- 거짓말지라도 나에게는 꼭 필요했던 말.

포기하려고 할 때쯤 누군가가 내게 건넨

"넌 잘하고 있어."라는 따뜻한 말 한마디가

지금의 이곳까지 날 이끌었다.

지난날을 돌아보니 그때의 난, 그의 말처럼 잘하진 못했었다.

그 말을 건넨 그 역시 그 사실을 알고 있었을지도 모른다.

확실한 건, 그때의 내게는 그 말이 꼭 필요했었다.

말이란 게 작은 돌과 같아서

비틀대는 누군가를 그 돌로 맞혀

영원히 일어서지 못하도록 쓰러지게 만들기도 하고,

혹은 중심을 못 잡고 기우뚱대고 있는 빈틈에
잘 끼워 넣어서 올바르게 중심을 잡는
주춧돌의 역할을 하기도 한다.

그래서 그때의 나처럼
지금 흔들리는 너에게
이 말을 꼭 해주고 싶다.

넌 지금
잘하고 있어.

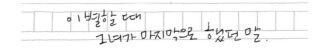
이별할 때
그녀가 마지막으로 했던 말.

헤어진다는 것은 누군가와 새로이 만나는 일보다 어렵다.

헤어진다는 것은 몸과 몸이 따로 떨어진다는 의미에 그치지 않는다.

더 이상 못 본다는 것, 더 이상 안 본다는 것, 그 이상의 의미.

늘 함께 걷던 거리를 부러 피해 걷고,

애써 쌓은 추억과 기억을 지워내야 한다.

추억이란 것이, 기억이란 것이 칠판 위에 분필로 쓴 낙서 같은 게 아니기에

말끔하게 없던 일처럼 지운다는 것이 불가능하다는 것을

헤어진 후에야 알았다.

오랜만에 만난 옛 친구가 안부를 묻다가

헤어졌다는 말에 당사자인 나보다 더 당황한다.

그래, 나도 그 친구처럼 당신의 안부를 묻고 싶다.

잘 지내는지, 행복하게 사는지.

하지만 지금의 나는 당신의 안부를 물을 수 없는 처지이고,

설령 물어봐서 그 어떤 대답이 되돌아온들

이젠 내게는 부질없는 질문이자 동시에 그럴 자격이 없는 질문이다.

쿨(cool)한 사랑,

나는 사랑이 '쿨'하다는 말을 믿지 않는다.

사랑은 본디 뜨거운 것이다. 그래서 서툰 사랑을 나누다가 그 뜨거움에 데여

결국 평생의 상처로 남기도 하는 아주 뜨거운 것이다.

사랑으로 한 몸이 되어있다 미움으로 따로 떨어져나갈 때면 사랑했던 마음만

떨어져나가지 않고, 오랜 시간 마치 제 몸인 양 이리저리 섞였던 뼈와 살점이

찢기고 부러져 피를 튕기며 끔찍한 비명과 함께 떨어져나간다.

그래서 헤어질 때면 몸도 마음도 끔찍한 고통에 비명을 지른다.

"우린 쿨하게 헤어졌어."라고

헤어짐을 쉽게 표현하는 사람들의 말을 들을 때면

내 이별의 아픈 기억이 소환되어 손가락 마디마디의 통점을 건드린 듯 아프다.

내 경우에는 '쿨'한 그들의 이별과 달리 사소한 헤어짐마저 쉽지 않았고

모든 헤어짐이 경중을 막론하고 늘 전쟁 같았다.

뜨거운 감정으로 사랑했었기에 헤어짐마저도 그 사랑처럼 뜨거웠다.

작고 하찮은 미운 감정부터, 골이 깊고 그 끝을 알 수 없을 정도의

아주 큰 미움으로 시퍼런 칼을 만들었다. 배신감이란 숫돌에
그 칼을 정성스럽게 스무 낮, 스무 밤을 갈아 날을 세워
서로의 가장 아픈 부위에 깊숙이 찔러 넣었다.
그로 인해 느껴지는 고통은 세상의 어느 것보다 끔찍하고 아팠다.
찔린 부위에서는 붉은 피 대신 눈물이 멈추지 않고 쏟아져 나왔다.
그 칼은 '잘해보려는 마음 뒤에 숨은 진짜 본심'이기도 했지만,
함께하는 동안은 절대 '칼집에서 꺼내서는 안 되는 칼'이기도 했다.

전쟁이 길어지니 몸과 마음이 지쳐가고 무엇보다도
서로를 향해 휘두르던 칼날의 이가
서로의 칼날로 인해 하나둘씩 빠지며 무뎌졌다.

그래서 종전 선언이 없었음에도 서로가 전쟁이 끝나감을 직감했고
이별이 아주 지척에 와있음을 알게 되었다.
싸움이란 것도 사랑이 있을 때나 가능한 것이다.

사랑이 배제된 싸움은 서로에게 피로감만 가중시킬 뿐이었다.

조금씩, 조금씩 서로를 겨눴던 칼을 거두고

상대에게 품고 있던 애증마저 거둬들이기 시작했다.

사랑은 꽃과 같다.

많은 정성과 관심으로 키우지 않으면 얼마 못 가 시들어 죽는다.

물을 잘 안 주면 말라 죽고, 물을 너무 많이 주면 뿌리가 썩어 죽는다.

나는 내가 키우던 꽃에게 너무 많은 물을 준 것일까?

아니면 반대로 물을 너무 적게 준 것일까?

과함 혹은 모자람 때문에 우리는 결국 서로가 품고 있던 화분의 꽃을

죽게 했다. 꽃이 죽은 화분 속의 흙은 너무 척박해서 새로운 꽃씨를

뿌린다 해도 다시 꽃이 필 가능성은 희박했고, 그렇게 모든 가능성이

사라지자 절대 꽃이 다시 피지 않을 것 같던 미움이라는 토대 위에

새로운 꽃이 피어났다.

그 꽃의 이름은 '측은함'이었다.

그녀가 내게 물었다.

"이제 우리 어렵겠지?"

그녀의 물음에 난 비겁하게 대답을 하는 대신 바닥만 쳐다봤다.

얼마쯤 지났을까. 물기 어린 목소리로 그녀가 내게 말했다.

"그래 헤어지자. 날 떠나서 행복하게 살아. 지금까지 당신 참 애썼다."

이별의 모든 잘못이 내게 있었건만 애썼다는 그녀의 말에

커다란 둑이 한꺼번에 무너지듯이 그만 눈물이 터져 나왔다.

어린 시절 용서받지 못할 죄를 짓고 엄마 앞에서 엉엉 소리 내어 울던 때처럼

그 어떤 답도 못 하고 나는 계속 울기만 했다. 돌이켜보면 그때 나는

울음을 멈추고 그녀에게 내 잘못에 대한 사과를 했어야 했는데,

응석받이 아이처럼 울기만 할 뿐 그렇게 하지 못했다.

너무 늦었고, 자격도 없고, 이제 부질없는 말이겠지만

"당신이야말로 나 만나 참 애썼다."라는 말,

나도 당신에게 꼭 해주고 싶었다.

부디 건강하고 행복해라 당신.

세상의 모든 노림보
거북이들을 위한 변명.

"요즘은 왜 연재 안 하세요?"
'일간지나 인터넷에 연재를 하고 있지는 않지만
쉬지 않고 꾸준히 책을 내고 있다.'고 대답하면,
"아, 그러세요? 그래도 연재를 하셔야죠."라며
심심하고 의미 없는 훈수까지 잊지 않고 한다.

사람들이 내게 관심을 가져주는 것은 고맙지만
내 삶의 방향이나 속도까지 간섭할 일은 아니다.
친한 기자 형마저 내게 비슷한 말을 건넨다.
"내가 너라면 너처럼 안 살았을 거야."라고.
그때마다 나는 웃으며 대답하곤 했다.
"그래요, 저니까 이렇게 사는 거겠지요."

나는 느림보 거북이다.
너무 느려서 보는 사람들에게는 내가 멈춰 서있는 것처럼 보일 수도 있겠지만, 나는 느리지만 조금씩 계속 전진하고 있다.

때로는 힘이 들어 호흡을 길게 내쉬며 잠시 멈춰 서기도 한다.

하지만 그 멈춰 선 시간도 내 삶의 속도의 일부이다.

후웁~

한 발 또 내딛기 위해

크게 숨을 들이마신다.

당신을 만났다

당신과 차를 마셨다

당신과 차를 마시며 이야기를 나눴다

당신과 차를 마시고 길을 함께 걸었다

지금의 당신에겐 평범한 하루

평범한 수많은 날 중의 하루

하지만 내게는 특별한 날

오늘이란 날.

외로운 날,
너에게 가장 듣고 싶었던 한마디.

"어디야?"
외로운 날 친구에게 전화를 걸어
어디 있느냐고 안부를 묻는다.

"너에게 가는 중이야."

별이 총총히 뜬 날에도
비가 오는 흐린 날에도
언제나 넌
내게 오는 중이란다.

외로운 날 가장
듣고 싶었던 말이다.

삶을 힘들게 하는 모든 것들.

포기해도 괜찮아

좀 못되도 괜찮아

울어도 괜찮아

힘내지 않아도 괜찮아

멈춰서도 괜찮아

정상에 오르지 않아도 괜찮아

잠시 내려놔도 괜찮아

아파해도 괜찮아

나만 생각해도 괜찮아

때론.

아무런 일도 없었던 하루,
그 고마움에 대하여.

어렸을 적 나는
아무 일도 없는 날이 너무 싫었다.
따분하고, 재미없고, 심심하고, 지루한
시간을 견딜 수가 없었던 것이다.
'뭐 재미있는 일 없어?'
늘 즐겁고 신나는 일을
찾아 헤맨 덕분에 한때 내 별명이
'박껀수'였던 적이 있을 정도였다.

하지만 나이가 들면서 생각지 못했던
크고 작은 안 좋은 일들을 경험하며,
그걸 수습하기 위해 하루가, 혹은 몇 해가
어떻게 지나가는지 모를 정도로 살았던
날들을 겪으며 알게 되었다.
어릴 적에는 아무 일도 일어나지 않은 날이

너무너무 심심해서 싫었는데,
아무런 일이 일어나지 않은 하루가 얼마나 좋은 날인지,
하루가 무탈한 게 얼마나 큰 행복인지를 말이다.
그래서 요즘의 나는 좀 따분해도, 좀 재미없어도, 좀 심심해도,
많이 지루했대도 해가 뉘엿뉘엿 저물어가는 저녁이 되면
'오늘 하루도 좋았던 날이다.'라고 생각하게 되었다.

아프신 아버지에게, 아프신 엄마에게
아무 일 없이 하루가 가길 빈다.

오늘도
무사히.

여름을 기다리는 부채처럼,
겨울을 기다리는 화로처럼.

하로동선(夏爐冬扇).

사전적인 의미로는
'여름의 화로와 겨울의 부채'라는 뜻으로,
아무 소용없는 말이나 재주를 비유하여 이르는 말
또는 철에 맞지 않거나 쓸모없는 사물을
비유하여 이르는 말이다.

하지만 난
여름을 기다리는 부채와
겨울을 기다리는 화로라고
뜻을 바꾸어 생각하고 싶다.

지금은 때를 만나지 못해
한쪽 구석에 물러나 있지만

언젠가는 꼭 필요한 날이 온다고

언젠가는 꼭 쓰임이 있는 날이 온다고.

인생의

여름 더위와

겨울 추위를 잘 견디면

꼭 그런 날이 올 거라고

믿으며 산다.

너의 겨울은 어땠니?

너는 항상

나에게

봄에만 안부를 묻더라.

긴 겨울을

견디고

이제 봄인데 안 좋겠니?

너의 겨울은

어땠니?

지금 제 말 흘려들으면
나중에 후회합니다.

종종 강연을 하러

다니는 내게

주최자가 당부한다.

후학들에게 좋은 말씀

부탁드립니다.

삶에 도움이 될 좋은 말이

무엇인지를 곰곰이 고민하다가

강연이 끝날 때 이야기한다.

"여러분 하루에 세 번 꼭꼭 이 닦으세요.
지금 제 말 흘려들으면 나중에 후회합니다."

우리 엄마가
내게도 했던 말,
삶에 가장 큰
도움이 되었을 말,
지켜지지 못한
그때 그 당부의 말.

당신이 듣고 싶어했지만
끝내 해주지 못한 말.

"사랑해."

알아요.

당신이 내게 듣고 싶었던 말

내가 당신에게 끝내 못 했던 말

그 말이

같은 말이라는 것을요.

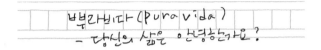

'뿌라비다(Pura Vida)'는 중남미에 위치한

코스타리카 사람들이 만날 때마다

서로에게 건네는 인사말이다.

그 뜻을 물어보니 '순수한 삶' 혹은 '행복한 삶'이란다.

뜻을 알게 된 뒤 처음에는 왜 그런 말을 건네는 건지

어색하다고 생각했지만, 조금 시간이 지나니

만나는 사람에게 '순수하고 행복하게 살라.'는 독려의

말을 전하는 게 우리네 인사보다 더 좋게 느껴졌다.

우리들이 많이 쓰는 인사말은

'안녕하세요?'이다.

그 속뜻을 가만히 들여다보면

밤새 아무 일 없이 무탈했냐는 뜻이다.

긍정의 의미보다 염려의 의미가 강하다.

또 자주 쓰이는 인사말로는 '밥 먹었어?'가 있다.

그 또한 밥은 안 굶고 다닐 만큼은 살고 있느냐는

걱정 가득한 의미의 부정적인 말이다.

서로를 걱정하고 염려하는 것은 좋은 의미일 수 있지만

결코 그네들의 인사처럼 에너지가 넘치는 인사법은 아니다.

순수하고 행복한 삶은

우리 모두가 꿈꾸는 삶이다.

어젯밤 무탈했고 오늘 밥도 챙겨 먹었다면

우리 모두 'Pura Vida'다.

서로에게 웃으며

진심을 담아

Pura Vida!!!

막다른 골목길에 서있는 친구에게.

그동안 몇 번의 사업 실패를 겪고

마지막이라며 시작했던

그 사업마저 털어먹어 빈털터리가 된 친구가 있었다.

친구가 안쓰러웠는지 그의 친인척들이 그리 크진 않지만

십시일반으로 모은 돈을 친구에게 건네며,

그 돈을 종잣돈 삼아 재기하라고 했다.

친구는 그 돈으로 변두리에 조그만 카페를 열었다.

그리고 카페 오픈식 날, 그 친구를 응원하기 위해 많은 이들이 찾아왔다.

집들이처럼 휴지를 선물로 사온 친구도 있었고,

리본에 '축 개업'이라고 쓰여 있는 조그만 화분을 들고 온 친구도 있었다.

오랜만에 카페에 모인 친구들은 반가운 마음에 인사를 나누고는

모두 하나같이 카페를 찾기가 너무 어렵다고 입을 모았다.

하긴 나도 카페를 찾기가 어려워 다른 골목길에서 헤매다

겨우 찾아 들어왔었다. 그 정도에서 이야기가 마무리되면 좋으련만

또 다른 친구가 걱정된다는 듯이 말문을 열었다.

"아이고, 큰일이네. 가뜩이나 만날 망하는 녀석인데 카페가

이렇게 찾기 어렵고 막힌 골목 끝에 있어서 장사가 되겠어?

여기까지 누가 들어와? 또 망하겠네."

그 말을 시작으로 걱정을 빙자한 저주의 말들이 쏟아져 나왔다.

"꽉 막힌 길이 꼭 이 자식 인생 같네."라는 말,

"친구니까 한 번이라도 여길 오는 거지 누가 여길 오겠어?"라는 말 등등.

겨우 휴지 몇 쪼가리, 조그만 화분 한 개를 들고 와선

쏟아놓는 말들이 가관이었다. 절로 인상이 찌푸려지던 그때

한쪽 구석에서 조용히 듣기만 하던 한 친구가 일어나 카페를 오픈하고

새 출발을 하는 친구에게 큰소리로 말했다.

"야, 위치 좋다. 이 골목길에 들어온 사람들은 더 갈 데가 없으니

무조건 이곳으로 들어오겠네. 장사 잘 되겠다.

부자 되어서 잘 살아라."

그 말을 들은 친구는 빙긋 웃어 보였고,

저주의 말을 쏟아내던 녀석들은 입을 다물었다.

세상사 다 생각하기 마련이다.

어려운 일을 어렵다고 생각하면 더 어려운 법이고,

쉽다고 생각하면 조금은 쉬워진다.

좋은 생각과 좋은 말들이 있는 곳에 좋은 일들이 머문다.

친구야, 다 잘될 거야.

눈물이 땅으로 떨어지는 이유.

가벼운

눈물은 없다.

누군가의 눈에서

나온 눈물이 하늘로

올라가는 경우는 없다.

세상의 무거운 모든 것이

땅으로 떨어지는 것처럼

당신의 눈에서 나온 눈물도

땅으로, 땅으로 떨어진다.

무릇 세상 누구의 눈물도

가볍지 않다.

아부지가 내게 해주신 귀한말.

어린 시절 주택에 살았던 나는 늘 여름을 기다리는 아이였다.

집 옥상에 올라가 돗자리를 펴고 앉아 엄마가 잘라 온 수박을 먹는 것도,

수박을 다 먹고 포만감을 느끼며 지금은 잘 보이지 않는 밤하늘의 총총한

별을 세다 아부지의 팔베개에서 잠드는 것도 좋았지만, 가장 좋았던 것은

마루에다 가족 모두가 들어가서 잘 수 있을 정도의 큰 모기장을 치고 함께

자는 여름밤이었다. 모기장이 얼마나 컸냐하면, 군용 텐트에 비유하자면

군인 열 명은 족히 잘 수 있을 정도로 컸고, 그 안을 들락날락하고 있노라면

마치 내가 007 영화에 나오는 첩보원이라도 된 것 같은 기분이 들어서

좋았다.

그때는 어느 집이든 에어컨은 상상도 할 수 없던 시절이라 마루에

모기장을 치면, 집에 있는 문이란 문은 모두 열어 바람이 잘 통하게 하고

잠자리에 들었다. 그 바람 덕분에 새벽녘에는 이불을 찾아 덮어야 할

정도로 시원하게 잘 수 있었지만,

아침이면 모기장을 친 것이 무색할 정도로 나와 형제들은

여기저기를 모기에 뜯기어 마치 살인 사건 현장을 방불케 할 만큼

온몸에 피 칠갑을 하고 있었다.

모기장은 크기만 컸을 뿐이지, 오래되어 낡은 탓에 곳곳에 구멍이 나서

노안이 온 할매 모기가 아닌 다음에야 거의 모든 모기가 자유로이

드나들 수 있었다.

모기가 등짝이나 팔처럼 견딜 만한 곳을 물면 그나마 괜찮았지만,

재수 없게 눈두덩이나 혹은 발바닥을 문 경우에는 여간 곤혹스러운

일이 아니었다.

그런 날엔 눈은 부어 앞은 잘 보이지 않고, 발바닥은 걸을 때마다

간지러워서 견딜 수가 없었다.

아들들이 괴로워하는 모습을 보다 못한 엄마는

실과 바늘을 꺼내 들고 제 기능을 상실한 모기장의 구멍들을 꿰매어

빠른 속도로 메우기 시작했다.

그러자 마루에 앉아 나와 함께 마늘을 까며

엄마가 바느질하는 모습을 바라보던 아부지가

95

CHAPTER 04

염려에 찬 목소리로 엄마에게 모기장의 구멍을 다 메우지 말라고 하셨다.

구멍을 다 메워야지 더 이상 모기한테 뜯겨 괴로울 일이

없지 않겠냐고 의아해하며 묻는 나에게

아부지는 사람 좋게 허허 웃으며 말씀하셨다.

"모기들도 좀 먹고 살아야 하지 않겠니."

'세상 살면서 너무 박하게 살지 마라.'라는 아부지의 말씀.

견딜 수 있다면 살도 조금, 피도 조금 나누라는.

CHAPTER 02.

'참 잘했어요'

미운 오리 새끼 여도

고생했어

꼴찌를 위한 응원가.

지금이야 '작가님' 소리 들어가며 사회적으로 나름 대우 받으며 살지만,
어렸을 적의 나는 뭔가를 특출나게 잘하는 것이 없는 아주 평범한 아이였다.
그나마 그림 그리는 사생대회에 나가 상을 몇 개 타긴 했지만
공부로는 초·중·고등학교 시절을 관통하는 내내 반에서 꼴찌를 거의
도맡아 했고, 말썽도 제법 부린 나 때문에 엄마는 학교를 친정집마냥
자주 드나들며 머리를 조아리셔야만 했다.
제아무리 너그러운 마음으로 내 유년을 돌아본다 해도 부모님이 나를
자랑스러워할 만한 구석은 눈을 씻고 찾아봐도 아주 자그마한
것도 찾기 어려울 정도였다. 그런 내가 부모 입장에선
자식이니 차마 버리지는 못하는 계륵 같은 존재였을 거라 짐작한다.

그럼에도 불구하고 엄마는 지치지 않고 항상 날 응원했다.
운동회 날, 100미터 달리기 시합 출발선에 선 뚱뚱한 아들이 1등을
절대 못 할 것임을 당신도 잘 알면서 언제나 목이 터져라 응원을 하셨다.
달리다 넘어져서 내 무릎이라도 까지는 날이면
엄마가 나보다 더 아파하셨고,

그런 일은 내가 어른이 되어서도 마찬가지였다.

엄마는 그림자처럼 늘 내 곁을 지키며 내가 넘어질 때마다

손을 잡아 일으켜주셨다.

비틀거리며 일어선 내 옷의 먼지를 털어주던 엄마는 나와 눈을 맞추고선

주먹을 불끈 쥐어 보이며 "파이팅!"이라고 말하면서 포기하지 말라는

메시지의 응원을 항상 잊지 않으셨다.

응원을 한다는 것은

누군가가 최선을 다하는 순간을 가장 근거리에서 지켜보는 일이다.

그 일은 자랑스러울 수도 있지만 때론 고통스러울 수도 있다.

응원 받았던 기억을 떠올리며 나 역시 누군가를 응원한다.

그리고 엄마가 나를 응원하며 늘 해주셨던 말을 떠올린다.

오늘도

파이팅!

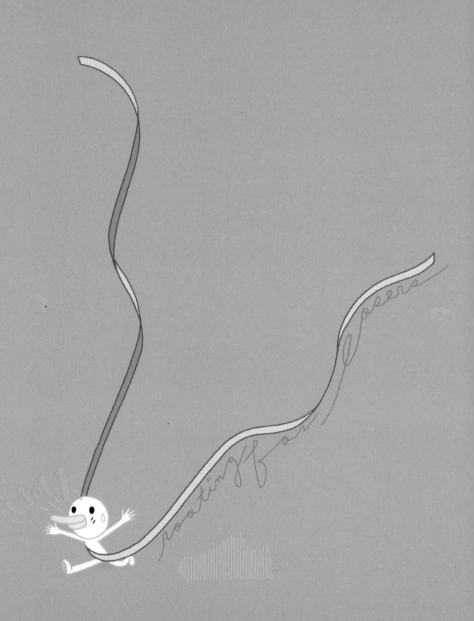

인생을 100점을 받기 위해 사는 게 아니다.

무슨 일이든 점수를 매기는 친구가 있었다.

"넌 내게 80점쯤 되는 친구야."

그는 음악을 들어도, 영화를 봐도, 멋진 풍경과 조우해도

그 모든 것들을 꼭 점수로 치환해서 말하곤 했다.

그 친구가 어느 날 내게 물었다.

"내 인생은 나름 90점쯤 되는 것 같아.

네 인생은 몇 점쯤 된다고 생각하니?"

그에게 그런 질문을 받으니 문득 영화 〈스쿨 오브 락〉에서

듀이 핀 역할을 맡은 배우 잭 블랙의 대사가 생각났다.

"이봐, 락(Rock)은 100점을 받기 위해 하는 것이 아니야."

세상 사람들이

날 미워한다고 해서

나 자신까지 날

미워할 필요는 없어.

내가 날 사랑하고 있어야만

누군가도 날 사랑할 수 있어.

자신에게마저도 사랑받지 못하면

그 누군가에게 사랑받을 자격도

주어지지 않는 법이야.

누군가에게 사랑받기 위해서는

먼저 스스로를 사랑해야 해.

왜 외롭게 혼자 있느냐고 묻는대면.

왜 혼밥을 먹어?

왜 혼술을 해?

친구가 없어?

외롭지 않아?

한 번도 혼자 있어보지 않은 사람이 왜 혼자 있는 거냐고 묻는다.

무얼 먹을지 묻지 않아서 좋고,

빈 잔을 매번 채워줘야 하는 귀찮음이 없어서 좋다는 걸 그들은 모른다.

혼자 있는 시간은,

오늘 하루도 수고한 나 자신을 위로하는

나에게는 참 필요한 시간이다.

그들이 자꾸자꾸 밖으로 걸어 나갈 때

나는 뚜벅뚜벅 내 안으로 걸어 들어간다.

세상에 태어나 내가 가장 잘한 일.

한때 아버지를 죽이고 싶을 정도로 미워했던 때가 있었다.

걸핏하면 우리들에게 매를 들고,

우리를 보호하려는 엄마까지 때렸던 아버지.

한창 부모의 사랑을 받아야 할 어린 시절, 아버지는 6·25 전쟁으로

부모님을 여의고 어린 나이에 고아가 되었다. 그래서 삶의 모든 것을

맨손으로 일구어내느라 팍팍했던 본인의 삶만큼이나 아버지는 거칠었고

괴팍했다. 그래서 아버지로서, 남편으로서 낙제점에 가까웠지만

아버지는 그런 자신이 잘못되었다고 생각하기보다

오히려 우리를 굴종시키고자 했다.

사는 내내 나는 그런 아버지를 이해하기 어려웠다.

그랬기에 난 아버지와 단둘이 있으면 불편했고, 엄마를 함부로 대하는

모습을 볼 때면 아버지가 어디론가 사라지거나 죽기를 바라기까지 했었다.

하지만 나도 나이가 들어 결혼을 하고 아이를 낳고 보니 어쩌면 아버지도

서투른 한 인간일 뿐일지도 모른다는 생각을 하게 되었다.

부모로부터 제대로 된 사랑을 받지 못하고 자라나 아내와 자식들에게 어떻게
사랑을 줘야 할지 몰랐던, 그래서 모든 것이 투박하고 서툴렀던 사람.

그렇다고 아버지에 대한 미움이 모두 쉽게 사라지진 않았다.
다 잊어버리기엔 아버지가 엄마와 우리 형제들에게 준 상처가 너무 컸다.
그런데 9년 전 어느 날, 갑작스레 엄마가 치매 판정을 받게 되었다.
우리는 입 밖으로 그 말을 꺼내진 않았지만, 속으로는 모두 엄마의 치매는
아버지가 키운 병이라고 생각했다. 발병 후 3년 정도 집에서 투병을 하던
엄마는 결국 용인에 있는 요양 병원으로 옮겨 가셨다. 그 무엇에도
꼼짝 않던 아버지도 엄마가 그렇게 된 데는 자신의 잘못도 크다고 생각한
건지 하루도 거르지 않고 엄마의 병상 옆을 지키셨다.
하지만 아버지의 그런 노력에도 불구하고
엄마는 어느 순간 아버지를 기억에서 지워버렸다.
아버지에게 엄마의 빈자리는 우리의 생각보다 컸던 걸까?
아버지는 눈에 띄게 수척해지셨고 몸과 마음이 아파 병원을 찾아가시는
날도 부쩍 늘었다. 미웠던 아버지이긴 했지만 그렇다고 아버지마저

아프길 바란 건 아니었다.

게다가 엄마가 계신 병원을 하루도 빠짐없이 찾는 아버지의 모습을 보며

적잖게 놀랐던 터라 아버지가 조금은 걱정되기도 했다.

그러다보니 아픈 아버지를 모시고 병원에 가는 일이 많아지게 되

었고, 함께하는 시간이 많아지다보니 자연스럽게 아버지와 밥을 먹고

대화를 나눌 일도 많아졌다.

그렇게 함께하는 시간이 늘면서 어느새 아버지에 대한 나의 미움도

조금씩 누그러져갔다.

그러던 어느 날 아버지가 나에게 말했다.

"막내야, 미안하다. 그동안 아부지가 잘못 살았다. 그리고

네가 날 데리고 다니느라 고생했고 효도했다. 고맙다."

아버지의 말에 순간 울컥했다.

고개를 들어 아버지를 보면 눈물이 쏟아질 것 같아서

고개를 숙인 채 말없이 아버지의 손을 잡아드렸다.

그리고 얼마 후, 가족 모두가 바라지 않던 일이 일어났다.

지난 1월, 아버지가 쓰러지셨고 그 뒤로 지금까지 아버지는 의식을

회복하지 못한 채 엄마와 같은 요양 병원 같은 층 다른 병실에 누워계신다.

나는 신을 믿지 않는다.

하지만 아버지가 쓰러지시기 전 아버지와 함께했던 시간들은

어쩌면 신과 같은 어떤 절대자가 나를 위해 일부러 마련해준

시간이 아닐까 싶다. 그때의 그 시간이 없었더라면 아버지와 내가

오랜 응어리를 풀고 서로의 손을 잡을 수 없었을 것이다.

그리고 얼마 전 쓸쓸하게 비어있는 아버지 집을 청소하던 큰형이 나를

불러 먼지 쌓인 낡은 노트 한 권을 내밀었다.

뭔가 봤더니 오래된 스크랩북인데

그 안에는 내가 나온 신문 기사와 잡지 기사들이 차곡차곡 쌓여있었다.

당신과 단둘이 있는 것도 싫어했던 막내아들의 인터뷰 기사들을

아버지는 빠짐없이 다 모아놓고 계셨다. 나는 스크랩북에 담긴

아버지의 마음을 헤아리다 끝내 울음을 터트리고 말았다.

내가 아버지에 대한 미움을 차곡차곡 쌓아가고 있던 시간에도,
아버지는 내 기사들로 스크랩북을 차곡차곡 채워나가고 있었던 것이다.

모든 것이 처음이었던 사람, 그래서 모든 것이 서툴렀던 사람.
어쩌면 내가 살면서 가장 잘한 일은 당신의 손을 잡아드린 것이다.

우리가 세상에 뿌리를 내리는 시간.

중국 동부 지방에는 '모소'라는 대나무가 있습니다.

심은 지 4년이 지나도 땅 밖으로 죽순조차 올라오지 않는 느린 대나무입니다.

모소라는 대나무의 특성을 잘 모르는 사람들은 '죽은 것이 아닐까?'라는

의구심을 가질 정도로 성장 속도가 느립니다.

하지만 5년의 시간 동안 잘 보살피고 가꾸면, 죽었다고 생각했던

대나무 밭에서 마치 마술처럼 헤아릴 수 없을 정도의 많은 죽순이 한꺼번에

돋아나기 시작합니다. 그렇게 돋아난 죽순은 하루에 한 자가 넘게

자라기도 합니다. 6주가 채 되기도 전에 15미터 이상 자라난 모소 대나무는

어느새 황량했던 주변을 울창한 대나무 숲으로 변모시킵니다.

이 과정을 자세히 들여다보지 않고 허투루 본 사람들은 모소 대나무가

겨우 6주 만에 다 큰다고 착각하기도 합니다.

눈에 보이는 성장 과정이 6주뿐이니 그런 생각을 할 수도 있겠지만,

모소 대나무는 순을 땅 밖으로 내기 전에 먼저 뿌리를 땅속으로 깊숙이

뻗어 자신을 튼튼히 하는 일에 4년이 넘는 긴 시간을 할애합니다.

세상 사람들이 알지 못하는 긴 시간 동안 더 튼튼하고 더 굳건하게
땅속 깊이 뿌리를 내리고, 순이 돋으면 길게 뻗은 그 뿌리로부터
자양분을 한꺼번에 빨아올려서 순식간에 자신을 키우는 겁니다.
뿌리가 튼튼하지 못한 나무는 세상을 살아가며 세차게 내리는 비와
바람과 매서운 겨울 추위를 이겨내지 못하는 법입니다.

우리가 하늘로 높게 뻗어있는 대나무를 보며 경탄해야 하는 이유는
짧은 시간에 빠르게 성장해서가 아닌, 겉으로 드러나지 않는
긴 시간 동안에도 노력을 게을리하지 않았기 때문입니다.

포기하지 말고 한 발짝만 더.

당신의 꿈은,

당신이 걸어가는 그 길

몇 발 앞에 놓여있을까요?

한 발

혹은

두 발,

아니면 백 발 앞.

지치지 말고, 포기하지 말고

한 발짝만 더 걸어가봐요.

어쩌면 거기,

어쩌면 바로 앞에

당신의 꿈이 당신을
기다리고 있을지 몰라요.

그 어느 곳이라도
한 발짝이 시작이에요.
당신이 가고자 하는 곳이
그 어디라도.

당신이 내디딜
바로 거기 어디쯤.

가끔은 무언가에 미쳐 살아도
괜찮다.

우리에게 〈왈가닥 루시〉라는 시트콤으로 잘 알려진
미국 배우 루실 볼이 한 말이 있다.

"나중에 인생을 돌아볼 때,
'젠장, 해보기나 할 걸.'이라고 말하는 것보다
'세상에 내가 그런 짓도 했다니.'라고 말하는 편이 낫다."

그녀의 말대로라면 난 꽤나 근사한 삶을 살았다.
이불 킥을 부르는 순간은 천 번, 혀를 깨물어 죽고 싶었던 순간도
백 번은 족히 넘는 삶을 살았으니 말이다.
그때를 지나오며 삶의 얼룩이라 여겼던 일들마저도 시간이 지나고 나니
소중한 추억이 되었다.

다른 이들에게 피해만 입히지 않는다면
가끔은 무언가에 미쳐 살아도 괜찮다.

날 만어준 친구의 한마디.

지금은 청계천이 흐르는 그곳에 그리 오래전도 아닌 2003년까지만 해도
마장동에서 시작해서 명동 입구까지 연결된 고가도로가 있었다.
어떤 이들은 그 고가도로를 '3·1 고가도로'라고 불렀고, 또 어떤 이들은
'청계 고가도로'라고 불렀다.
1976년에 만들어져 2003년에 철거되기까지 30년 넘게 수많은 차들이
그 도로 위를 달렸고, 그 좁고 아슬아슬하기까지 한 고가도로에 개인적인
추억이 있는 사람도 많을 것이다.
그 시대를 관통하며 살아온 나도 그중의 한 명임이 분명하다.

박정희 시대에 마장동부터 명동 입구까지 빠르게 진입하기 위해
만들어진 고가도로는 세월이 흘러 내가 이용할 즈음부터는 처음의 취지와
기능을 잃어버려 상습적인 정체로 악명이 자자한 도로가 되었고,
내 평생 잊을 수 없는 장면을 목격한 그날도 그러했다.
친구들과의 약속에 늦은 나는 약속 장소인 광화문 방면으로 가기 위해
급하게 택시를 잡아탔는데, 급한 내 마음과 달리 정체 현상으로
고가도로 위는 꽉 막혀있었다.

마음 같아서는 택시에서 내려 약속 장소로 뛰어가고 싶었지만

고가의 높이가 20미터는 족히 넘는지라 차에서 내릴 엄두가 나지 않아

나는 자포자기하며 어떤 변명을 댈지 궁리하기 시작했다.

'오는 길에 택시끼리 추돌 사고가 났다고 할까?

아니야, 그건 안 믿을 것 같고…'

평소에도 약속에 자주 늦는 터라 내가 어떤 변명을 해도 친구들이 쉽게

믿지 않을 것을 잘 알기에 마땅한 핑곗거리가 고민이 되었다.

그때였다. 기사 아저씨의 비명 같은 외침이 내 고민을 깼다.

"어 어 어, 저게 뭐죠? UFO 아닌가?"

UFO란 단어에 반사적으로 고개를 들어 기사 아저씨가 가리키는

손가락 끝을 눈으로 좇았다. 내가 탄 택시 위치를 기준으로 용산 혹은

더 멀리로는 목동 상공쯤으로 추정되는 하늘에 시거 모양의

은빛 비행체가 떠있었다. 꽤 거리가 멀었음에도 한눈에 들어올 정도로

그 크기가 작지 않았다.

그리고 그 비행체를 본 것은 택시 기사 아저씨와 나뿐만이 아니었다.

고가도로 위에 줄줄이 늘어선 차량들의 운전자와 승객들도

UFO를 목격했고, 몇몇 사람들은 차에서 내려 UFO가 떠있는 하늘을
바라보며 웅성거렸다. 당시는 지금처럼 스마트폰이 있던 시기가 아니어서
눈으로만 UFO를 좇을 뿐 사진을 찍어 기록으로 남길 수가 없었다.
UFO는 약 2~3분간 상공에 떠있다가 갑자기 바람처럼 흔적 없이 휙~하고
사라졌다. 원래 막혔던 고가도로는 UFO 사건으로 더 막히는 참사가
발생했고, 나는 결국 약속 장소에 한 시간이나 늦게 도착했다.
친구들은 꼬리 밟힌 개처럼 이를 드러내고 으르렁거리며 늦은 이유를
대라고 나를 향해 짖어댔다. 나는 친구들에게 잠깐 기다리라는 손짓을 하고
컵의 물을 벌컥벌컥 들이켠 후, 숨을 깊게 내쉬며 국가 기밀을 토설하듯
조심스럽게 말했다.
"약속 장소로 오는 길에 UFO를 봤어."
내 말을 들은 친구들은 순간 스톱 버튼이 눌린 것처럼 동작을 멈췄다.
그리고 잠깐의 정적이 흐르다가 둑이 터져 거센 물줄기가
한꺼번에 쏟아져 나오는 것처럼 원성과 야유가 내게 쏟아졌다.
"이 미친놈이 이제 핑곗거리가 없어 UFO를 봤다고까지 거짓말을 하네?"
부터, "이 자식아, 그게 말이야? 똥이야?" 따위의 말은

얌전하다고 느낄 정도로 차마 이곳에 글로 옮겨 적을 수 없는 거친 말들로

나를 공격했다.

약속에 늦었으니 욕먹어도 할 말이 없지만, UFO를 봤다는 내 말을

친구들이 전혀 믿지 않고 나를 미친놈 취급하는 것은 좀 서글펐다.

내가 늦지 않고 제시간에 도착해 UFO를 봤다고 했으면 친구들이 믿었을까?

모두가 나에게 돌을 던지고 있을 때 구석에 가만히 앉아있던 친구가

눈을 반짝이며 한마디 했다.

"난 믿어."

내게 거친 말을 쏟아내던 녀석들은 그 말에 다시 한 번 스톱 버튼이

눌려졌다가, "너도 미쳤구나?"라며 날 믿는다고 말한 친구에게도 욕을 해댔다.

수십 년이 지난 지금 다시 한 번 고백하지만, 그날 나는 분명 UFO를 봤다.

그날 저녁 뉴스에서는 전투기 뒤에서 나온 불꽃을 사람들이 오인한 것이라고

기사가 나왔지만, 난 그날 내가 본 것이 UFO라고 지금도 굳게 믿는다.

금광을 찾아내 금을 캐는 사람들의 다큐멘터리를 보다

그들이 한 인터뷰 중

내게 인상 깊게 오래도록 남은 말 하나를 만났다.

"우리는 금을 캘 때 그곳에 꼭 금이 있다고 믿어요.

그런 확실한 믿음이 없다면 그렇게 오랜 시간 동안을 고생하며

견뎌내지 못했을 것이고, 그만큼의 노력도 기울이지 못했을 거예요."

UFO를 봤던 날 내 친구는 내 마음속의 믿음이라는 금을 캐주었다.

그가 나를 믿어주었던 것처럼 나 역시 지금까지 그를 믿는다.

난 믿어, 널.

그들이 매긴 점수에 가중을 필요가 없는 까닭.

유명한 맛집 기행 TV 프로그램에

소개된 식당을 호기심에 몇 군데 찾아가 식사를 했었다.

내 입맛이 그들의 표현대로 아동틱해서 그런지는 모르겠으나

열 군데 넘게 다닌 맛집 중에 내 입맛을 사로잡은 집은

겨우 한 집뿐이었다. 운 나쁘게 내가 간 집만 그런지는 모르겠지만

'이런 집이 어떻게 맛있다고 TV 프로그램에 소개될 수가 있지?'라는

생각까지 들게 하는 집도 있었다.

TV 프로그램에 소개되면 맛의 진의 여부와 상관없이, 평소에 파리만

날리던 가게도 한동안은 북적대는 손님들로 문전성시를 이룬다.

하지만 가게 앞에 늘어선 긴 줄에, 혹은 평론가가 매겨놓은 별점에 현혹되어

방문했다가 실망하고 나오는 경우를 밤하늘의 별만큼이나 많이 겪었다.

미슐랭이 별 세 개를 준 식당에서 식사를 했지만 맛이 없다고 느꼈을 때,

자신의 입맛이 싸구려라고 단정 짓거나 미식가가 아니라며 자책할 필요 없다.

그 식당은 단지 '미슐랭이 별을 세 개 준 식당'일 뿐이니까.

그들이 매긴 점수는 어쩌면 당신과는 무관한 일이다.

식당 앞에 길게 늘어서있는 줄을 지나치며

'나도 저들처럼 한 번쯤 가봐야 하는 것 아닌가?'라는 생각으로

조바심 낼 필요도 없고, 그 식당 앞의 줄처럼 살면서 만나게 되는 수많은

인생의 줄에 습관처럼 붙어 서려고 할 필요 역시 없다.

어떤 어른들은 말한다. "인생이 네 입맛대로 되는 줄 아냐?"고.

하지만 난 한 끼를 먹어도 행복했으면 좋겠고, 내 입맛이 아동틱하거나,

혹은 남들의 기준에 못 미치더라도 난 내 입맛대로 살다가 가고 싶다.

안 그래도 짧은 인생인데 타인의 입맛에 맞추느라 살다 내 소중한 시간을

허비할 수 없고, 어떤 삶을 살지 너무 고민하다 어느새 삶을 다

살아버렸음을 늦게 깨닫게 되고 싶지도 않다.

누가 뭐래도 개떡도

내 입에 맞으면 꿀떡인 것이다.

너를 지지하는 것

너의 말을 경청하는 것

너를 보고 웃어주는 것

너를 항상 자랑스러워하는 것

너와 눈을 맞추는 것

너를 믿어주는 것

항상 너의 편이 되어주고

끝끝내 너와 함께하는 것

네 앞에 놓인

수많은 인생의 고비에서

고작 내가 할 수 있는 일.

말더듬이 친구가 깨닫게 준 진심의 속뜻.

언변이 좋다는 것은 세상을 살아가는 데 있어서 큰 이점이자

하늘이 준 큰 재능일 것이다. 인생을 살며 내가 만난 수많은 사람 중에서

다섯 손가락 안에 꼽을 정도로 말을 잘하는 친구가 있다.

어린 시절부터 말도 안 되는 얼굴로도 여자들을 잘 꼬드겼고,

학창 시절 호랑이보다 더 무서운 담임 선생님께 출중한 거짓말로 조퇴증을

곧잘 받아내서 주변 친구들로부터 부러움을 샀던 녀석이었다.

살면서 그렇게 말 잘하는 친구가 옆에 있어 좋은 점도 있지만 그렇지 않은

경우도 많았다. 그의 말에 현혹되어 그가 한 말을 철석같이

믿었다가, 후일 그 말이 잘못된 정보로 밝혀져 낭패를 본 경우도

적지 않았기 때문이다. 그래서 그의 말을 가려서 들으려고

노력했지만, 듣다보면 어느새 그의 탁월한 말솜씨에 현혹되어

또 고개를 끄덕이고 있는 나를 발견하고는 불에 데인 듯 화들짝 놀라곤 한다.

물론 말을 잘한다는 것이 진실하다는 의미는 아니다.

말을 잘하나 진실성이 전혀 느껴지지 않는 사람이 있는가 하면,

단어 선택도 어수룩하고 말도 잘 못하지만 절절한 진심이 느껴지는

사람도 있다.

내 친구 중에는 앞서 말한 언변 좋은 친구와는 정반대인 친구가 있다.
그가 하는 말에는 주어가 전부 빠져있어 도통 무슨 말인지 알아들을 수가
없는 데다가 심지어 그는 심한 말더듬이었다. 평소에도 무슨 말을 할라치면
단어의 첫 음절을 평균적으로 세 번쯤 반복해야만 할 수 있었다. 이를테면
만나서 인사를 나눌 때, "광수야, 오랜만이다."를 그가 하면 "광 광 광수야,
오 오 오 오랜 만 만이다."라고 말한다. 더 안타까운 것은, 이 친구는
흥분하면 흥분할수록 말을 더 더듬는다는 것이다.

그런 친구와 아주 오래전 사소한 오해로 크게 다툰 적이 있었다.
나는 달변가는 아니지만 결코 어눌한 편도 아닌지라 상황을 예리하게
조목조목 따져가며 말을 더듬던 그 친구와 말싸움을 했다.
막무가내 주먹다짐이 아닌 바에야 대부분의 말싸움은 일정한 데시벨의
목소리와 흥분하지 않고 조곤조곤 논리로 따지는 사람이 절대적으로
우위에 있기 마련이다. 나는 마치 파도가 치는 것처럼, 물러났다가
다시 앞으로 나가기를 반복하며 원, 투 스트레이트 연타의 말 주먹을
전설의 복서 슈거 레이 레너드처럼 날렸고,

친구는 내 말 펀치에 그로기 상태에 도달했다.

내가 침착하면 침착할수록 친구의 호흡은 나와 반대로 더 거칠어졌다.

겨우겨우 버티며 나와의 말싸움을 이어나가던 친구는

강력한 내 말 펀치에 간신히 유지하던 리듬마저 깨지자,

숨을 불규칙적으로 쉬며 말을 더욱더 더듬기 시작했다.

나중에는 말을 더듬느라, 아무리 노력해도

자신이 원하는 단어 하나조차 제대로 말하지 못할 지경에 이르렀다.

친구는 마치 흠집이 나서 같은 구절을 반복해서 재생하는 레코드판처럼

아주 짧은 음절 하나만을 계속 반복해서 말하다 결국

내 앞에서 눈물을 쏟고 말았다.

나는 울고 있는 친구에게 다가가 그를 안아줬다.

말로는 오해를 풀기 어려웠으나 친구의 행동에서 충분한 진심이 느껴졌다.

수백, 수천 개의 진심 없는 단어보다, 비록 끝내 완성되지 못했지만

진심 어린 단어 하나를 말하려 애쓰는 친구의 마음이

나에게 와닿았던 것이다.

언젠가 초대를 받아 놀러 간 집의 장식장에 예쁘게 붙여놓은

조개껍데기를 본 적이 있다.

바닷가에 흔하게 널린 조개껍데기를 모아서 장식장에 놓아둔 까닭을

알 수 없지만, 제법 많은 조개껍데기들을 보다 문득 엉뚱한 생각이 들었다.

'장식장 안에 조개껍데기들을 천년 동안 붙여놓는다고 우정이 생길까?'

안 생기겠지, 알맹이 없이 껍데기만으로는.

사람들 사이에서 진심 없이 건네지는 수만의 말보다

진심이 담긴 한 단어가 훨씬 더 중요하다.

그 단순하고 명백한 사실을,

말을 잘하되 진심이 없는 사람들이 종종 잊어버린다.

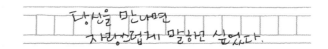

당신을 만나면
자랑스럽게 말하고 싶었다.

날 만나기 전의 당신은 누구를 사랑했었나요?
그녀가 내게 물었다.

당신을,
오직 당신만을 기다렸어요.
긴 세월 동안 간절히
당신이 내 앞에
나타나주기를 기다렸어요.

당신을 만나면
이렇게 자랑스럽게
말하고 싶었다.

그렇게 말할 수 없어서

두고두고 미안하지만

그래도 다행이다.

이렇게라도

당신을 만나서.

네가 너무 바쁘지 않았으면 좋겠어.

난 네가

너무 바쁘지

않았으면 좋겠어.

아니, 정확히는

네가 바쁘다는 핑계로

너의 소중한 것들을

하루하루 모른 척

지나치지 않았으면 해.

소중한 사람에게 안부를 묻는 일,

사랑하는 사람과 눈을 맞추는 일,

마음 아픈 이와 함께 울어주는 일,

곁에 있는 사람과 추억을 쌓아가는 일,

그런 일들을 한가한 사람만 하지는 않아.

바쁘다는 너에게

어쩌면 가장 급한 일.

새장 속의 새야,
절대 잊지 마.

새장 속에 있으면 고민이 될 거야.

이곳에 머물면

때 되면 밥을 주고

물도 주는 편안한 삶.

때때로 노래 몇 소절과

몇 번의 날갯짓만 하면

보장된 안락한 날들.

하지만 궁금하지 않니?

새장을 벗어나 너의 날갯짓으로

어디까지 날아갈 수 있는지,

어디까지 도달할 수 있는지가 말이야.

잊지 말라고,

넌 애초에 날기 위해

태어난 존재라는 것을.

Meaning
of Wings

Wing

즐거운 인생은 마음먹기에 달렸다.

밤낮없이 미운한 짓을 일삼는
남편이 한없이 미울 때는
내 남편이라고 생각하지 말고,
마음속으로 '친척 어르신'이라고
생각하며 살아가자.

매일같이 말썽 피우는 철없는
아들과 딸이 미워질 때도,
동생의 아들딸인 '조카'라고
생각하며 살자.

친척 어르신과 철없는
어린 조카가 어떤 행동을
한다 해도 그리 화날 일이 없다.
화낼 필요가 없으니, 지금보다는
인생이 조금 더 즐거워진다.

즐거운 인생은
마음먹기에 달렸다.

너의 사표를

말렸던 사람들은

너를 아직 써먹을 데가

있다고 생각하는 사람들이고,

너의 새로운 삶을 응원한다고

독려했던 이들은

너의 경쟁자들이었지.

알아,

네가 그 결정을 내리기까지

얼마나 고민했고, 결코

충동적인 것이 아니라는 것을.

후회될 거라는 그들의 말에

미리 겁먹을 필요는 없어.

좋은 결과가 생긴다면 멋진 일이고,

그렇지 않아도 좋은 경험이 될 거야.

이제 가라,

거침없이.

인생의 답안지를 대하는 태도.

학창 시절 시험 답안지에 답을 표기하다

실수로 답을 한 칸씩 밀려서 썼다.

답안지를 제출한 다음에야 그 사실을 알았지만

상황은 이미 돌이킬 수 없었다.

재미있는 것은, 성적표를 받아보니 제대로 쓴 답안지보다

오히려 밀려 쓴 답안지의 점수가 더 높게 나왔다는 것이다.

맞다고 생각한 것이 틀리고,

틀리다고 생각한 것이 맞았다.

내 노력과 상관없이 결과만 좋으면 괜찮은지를

더 점수가 높은 성적표를 받아들고 고민했다.

지금 내 삶도 그때와 다르지 않다.

언제부터인가 밀려 쓴 인생 답안지를 예전으로 되돌릴 수 없다.

그래서 내가 할 수 있는 건, 남은 인생이

나한테 던져주는 숙제를 비록 또 틀릴지라도 열심히 고민하고

내가 선택한 답을 성실히 적어 내려가야 한다는 것이다.

인생이 계획한 대로 되지 않는다는 걸 뻔히 알고

비록 밀려 써버린 내 인생 답안지이지만, 그때처럼

운 좋게 점수가 더 잘 나오길 빌어본다.

아직도 난 인생에서 뭐가 맞고

뭐가 틀린지 잘 모르지만 말이다.

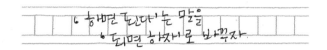

'하면 된다'는 말을
'되면 하자'로 바꾸자.

초등학교 시절 공부를 지지리도 못했던 나는

학교 정규 수업이 끝난 뒤 즐거운 마음으로 하교하는 친구들과 달리

'하면 된다.'라고 명명된 반에 모여 뒤처진 부분을 따라잡기 위해

더 늦게까지 공부를 하고 가야 하는 늦된 아이였다.

철부지 어린 시절이라 그런 내 자신이 부끄러운 줄도 몰랐다.

그 일로 친구들에게 놀림을 받고 나서야 내가 다른 친구들보다

많이 뒤처진다는 사실을 깨닫게 되었고, 그걸 인지한 후

나란 존재가 얼마나 하찮고 작아 보였는지 모른다.

초등학교만 졸업하면 '하면 된다.'라는 말을 더 이상 안 듣겠거니

생각했지만, 내 바람과 달리 사는 내내 그 말을 참 많이 들어야만 했다.

초·중·고 시절은 물론이고, 군대에서도 그 말은 마치 주술사가 내게

씌어놓은 주술처럼 지치지도 않고 끈질기게 내 인생을 따라다녔다.

뿌리치려고도 노력했지만 잘 안 되었고, 급기야는 그 말을 믿기 시작했다.

그 말처럼 해서 되는 일도 더러는 있었지만,

대부분은 해도해도 안 되는 일투성이였다.

그 과정에서 상처를 가장 많이 입는 사람은 '나'였다.

해도해도 안 되어서 포기하려 할 때마다 '하면 된다.'라는 주술 같은 말이

내 머릿속을 맴돌았고, 너무 힘들어서 포기하려는 스스로를 의지가 약하고

노력이 부족하다며 자책하게 만들었다.

누군가는 수많은 실패를 통해 희망을 본다는 말을 했지만, 그 말이

통용되지 않는 절망적인 상황도 있었다.

이만큼 살아보며 느낀 것은 '하면 된다.'라는 무식한 정신으로

주야장천 노력해도 안 되는 일도 있다는 것이다.

간절함이 부족하지도, 그렇다고 노력이 부족하지도 않았지만

안 되는 일을 계속 붙잡고 있을수록 늘어나는 건 열패감과 자책뿐이었다.

그 과정에서 스스로 할 수 있다는 한계선은 더 줄어들고

자연적으로 자존감마저 낮아졌다.

이쯤에서 분명히 해두고 싶다.

'하면 된다.'라는 말은 모두의 말이 아니다.

세상의 모든 사람에게 뛰어난 재능이 주어진 것도 아니고,

기회마저 공평하지 않은 세상이니, '하면 된다.'라는 말은
재능이 많거나 기회가 많은 사람들의 말이라고
치부하면서 살도록 하자.

대신 그 말을 '되면 하자.'로 바꾸자.
아주 작은 일이라도 되는 일부터 하자.
되지도 않는 일을 하며 마음의 상처를 받느니
되는 일부터 골라 즐겁고 행복한 마음으로 하자.
오늘 반보 걷고, 내일 또 반보밖에 못 걷는다고 할지라도
내가 걸어가는 길을 즐거움과 행복으로 가득 채우자.
홍길동이 자라나는 나무를 뛰어넘으며 더 높게 뛰는 연습을 했던 것처럼
할 수 있는 일부터 하나씩 이루며 행복한 마음으로 하루를 살자.
어느 날 그 나무가 내 키보다 높이 자라서 더 이상 내가 뛰어넘을 수 없을 땐,
'내가 심은 나무가 이렇게나 많이 자랐구나.'라고 대견스럽게 생각하며
행복한 마음으로 나무를 안아주자.

누구에게도 상처주지 말고

스스로에게도 상처주지 않으며

그렇게 행복하게 살자.

CHAPTER 03.

세상
그 누구보다
나부터
먼저
행복해질래

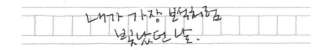

내가 가장 보석처럼
빛났던 날.

야구를 종교처럼 생각하는 나는 주말마다 마치
교회에 예배 드리러 가는 사람처럼 야구장에 가서 야구를 한다.
이젠 나이가 들어서 예전처럼 빠르게 공을 던질 수도 없고,
매주는 아니라도 심심찮게 홈런을 쳤던 일이
아주 오래전 과거의 일이 되어버렸지만,
여전히 야구를 한다는 것은 내게 행복한 일이다.

가끔 생각한다.
지난 내 젊은 날 중 내가 가장 보석처럼 빛났던 날이 언제였던가?
어린 시절 봄, 가을에 열리는 사생대회 때마다 교장 선생님에게 호명되어
전교생들이 바라보던 단상에 올라가 상을 받던 그때?
우연한 기회에 시작된 신문 만화 연재로 유명세를 얻고,
그로 인해 덤처럼 시작된 방송 생활로 많은 사람이 나를 알아보며
치켜세워주던 그때?
사람들은 그렇게 생각할지 모르겠지만
나는 아니라며 고개를 좌우로 흔든다.

2006년에 인천 문학경기장에서 열린 연예인 올스타팀과

SK와이번스 코칭스텝과의 수재민 돕기 자선경기에

내가 올스타 중 한 명으로 뽑혀 그 경기에 직접 뛰게 되었다.

사회인 야구를 하는 내가 프로야구 선수들이 뛰는 경기장에서 야구를

한다는 것만으로도 큰 기쁨인데, 심지어 김기태, 김성래, 장재중, 송태일 등

현역 느낌이 채 가시지 않은 젊은 코칭스텝을 상대로 그들과 함께 땀을

흘리며 야구를 한다는 것 자체가 마치 꿈을 꾸는 듯이 두고두고 영광스럽던

날이었다. 수재민 돕기란 좋은 취지로 열린 번외 경기인지라 SK와이번스

코칭스텝들이 우리를 봐주며 경기를 진행했음에도, 취미로 야구를 하던

우리들이 프로 선수였던 그들로부터 점수를 얻어내기란 쉽지 않은 일이었다.

4회 초, 무사 1루 상황에 내 타석이 돌아왔을 때 마운드에는

현재 NC다이노스의 투수 코치인 최일언 코치님이 있었고,

그때까지 내가 속해있던 연예인 올스타팀은 상대로부터 1점도 뽑지 못해

4대0으로 뒤지고 있었다.

최일언 코치님은 1점도 못 뽑는 우리가 안쓰러웠는지 타석에 선 내가

치기 좋은 속도로 선심 쓰듯 공을 살포시 던져주었고,

당시만 해도 팔팔한 서른여덟 살의 나는 힘차게 배트를 돌렸다.
투수가 던진 공이 내 배트 중앙에 닿는 순간
난 직감적으로 홈런임을 알았다.
공이 하늘로 높이 떠오르고, 난 휘두른 배트를 든 채 눈으로 공을 계속
좇다가 공이 담장을 넘어 홈런이 되는 것을 확인하고서야 천천히
베이스를 돌기 시작했다. 공을 치자마자 열심히 베이스를 돌아야 한다는
기본적인 예의도 지키지 못할 정도로 정신이 없었다.

관중들이 꽉 들어찬 문학경기장에서 홈런을 치고 각 베이스를
다 돌아 홈으로 뛰어 들어올 때의 기분은 10년이 훨씬 더 지난 지금도
뭐라 형용할 수 없을 만큼 좋은 기분이었다.
내 홈런을 시작으로 기세를 올린 연예인 올스타팀이 추가로
2점을 더 뽑았고, 경기는 취지에 맞게 사이좋게 4대4 무승부로 끝나며
그날 홈런을 친 내가 어부지리 MVP로 선정되었다.
오래전 그날을 떠올리면 지금도 행복하다.
그날 하루만큼은 누구보다도 내가 보석처럼 반짝반짝 빛났던 날이니까.

그렇게 빛나던 날을 보내고 나이 들어가면서 저절로 알아가는 것이 있다.

반짝였던 세상의 모든 것들도 시간이 지나면 점점 빛을 잃어간다는 사실.

하지만 야구를 하면서 그날처럼 반짝이며 행복했던 기억이 내게 있었고,

그때의 빛을 내 안에 잘 가두어두었기에 내 야구 인생은 행복했었다고

언제든지 자신 있게 말할 수 있다.

지금 야구팀 '조마조마'에서 나와 함께 야구를 하는 연기자 유태웅도

야구를 얼마나 사랑하는지, 아들 셋 중 둘이나 야구를 시킨다.

아이들은 이제 늙어버린 우리와 달라서, 모든 것을 스펀지같이

잘 흡수하며 하루가 다르게 야구 실력이 늘고 있다.

아빠를 따라 야구장에 처음 놀러 와 우리들에게 야구를 배우던 아이들이

언젠가부터 우리를 가르칠 실력이 되어버렸고,

늘 잘 웃고 장난기 많던 아이들이

처음과 달리 진지하게 야구에 임하는 모습을 보면 마음 한구석이 짠하다.

'진지해야지 실력이 늘겠지?'라고 생각하면서도,

왠지 예전보다 덜 행복해 보이는

태웅이의 큰아들 재동이에게 바람이 지나가며
속삭이는 것처럼 말해주었다.

"재동아,
삼촌은 네가 야구를 잘해서 유명한 야구 선수가 되어
돈을 많이 버는 것도 좋지만,
언제나 행복한 야구 선수였으면 좋겠어."

나는 돈을 벌기 위해
지구에 온 것이 아니다.

'나는 돈을 벌기 위해 지구에 온 것이 아니다.'
내 SNS 대문에 내가 써놓은 글귀이다.

우연찮게 이 글을 본 사람들 중에는
공감하는 사람도 더러는 있으나,
돈 안 벌고 지구에서 어떻게 살아남느냐며
따지듯이 묻는 사람 또한 있었다.

123층 높이로 구름도 뚫고,
하늘에도 닿을 만큼 높디높은 빌딩을 지은 돈 많은 재벌도,
자신이 쌓아 올린 빌딩의 층수만큼은 살지 못한다.
아무리 돈이 많아도 인간의 유한한 삶 앞에서는
결국 작고 초라한 노인일 뿐이다.

세상에 영원한 것은
기억밖에 없다고 믿는 내가,

지금을 살아가는 이유는

영원히 살기 위함이 아니고

사랑하는 사람들에게

영원히 기억되기 위함이다.

I didn't come to earth to earn money

너를 위해 내가 먼저.

내 인생에서

불안과 우울 그리고

불행을 걷어낼게.

그래서 내가 먼저 행복할게.

그렇게 내가 먼저 행복해지면

온 마음을 다해 널 사랑할게.

온전히 행복한 내가

널 사랑해야만 너도 온전히

사랑받으며 행복할 테니 말이야.

너를 위해서

내가 먼저.

길 위에 서서 길을 묻다.

아들이 말한다.

"아버지, 이 길은 제 길이 아닌가 봐요."

길 위에서 서서

이 길이 자신의

길이 아니라고.

"생각해보니 나도 그랬단다.

누구나 살면서 다 한 번쯤은 너와 같은 생각을 했을 거야.

그런데 지금 네가 말하는 '나의 길이 아니라는 그 길'이

어딘가로 방향이 고정되어있는 것이 아니란다.

지금까지 네가 걸어왔던 길도,

앞으로 네가 걸어갈 길도 다 네가 만든 길이란다.

그러니 어쩌면 애초에 정해진 길 따위는 없는 것인지도 모른단다."

길이란 것은

어디론가 향하기 위한 것이기도 하지만,

애초에 그 위에서 헤매기 위해

만들어진 것인지도 모른다.

길 위에서 헤매며 삶은

더 단단해진다.

이제 그 곳에 당신은 살고 있지 않지만.

당신이란 집은

그 문 앞에서만 서성댈 수 있을 뿐,

감히 초인종을 눌러볼 수도 없고

담을 넘어 들어갈 수는 더더욱 없네.

당신이란 울타리는

날 빙 둘러싸고 있지만

정작 당신 안에 나는 없는

무심한 사람, 무참한 날들.

비록 그랬지만

지금 또

당신을 만난다면

그래도 좋았다고

말해주고 싶다.

그래도 좋았어요.

피터팬도 결국 어른이 되어간다.

꼬마 아이가 내게 물었다.

"아저씨는 어른이에요?"

어른의 사전적인 의미는 '다 자라서

자신의 일에 책임을 질 수 있는 사람'이란 뜻인데,

과연 내가 그런가라고 생각하니 머뭇거리게 되었다.

생각이 많아진 나는 오히려 꼬마 아이에게 되물었다.

"그래, 네가 생각하는 '어른'은 어떤 사람이니?"

내 물음에 꼬마 아이는 망설임 없이 손가락을 접으며 말했다.

"어른은 아파도 울지 않아야 하고, 길도 잘 찾아가야죠.

그리고 매운 것도 잘 먹고, 슬퍼도 울면 안 되고,

엄마가 없어도 잘 자야 하고, 놀지도 못하고,

돈도 벌어야 하고, 되기 싫은데 되는 게 어른이죠."

꼬마 아이가 너무 잘 이해하고 있어서

나는 아무 말도 첨언할 수 없었다.

지치고 힘든 날이면 떠오르는 그의 말.

자연환경이 좋기로 유명한 중남미 코스타리카엔 꼭 가봐야 할 곳이
많지만, 현지인들에게 하나만 꼽아달라고 했을 때 그들은 주저 없이
아레날 화산을 첫 번째로 꼽았다. 코스타리카 수도인 산호세에서
북서쪽으로 90킬로미터 떨어져 있는 아레날 국립공원의 화산을 보기 위해서는
호텔 로비에서 이른 새벽에 출발하는 투어 버스를 타야만 했다.
렌터카를 빌리는 방법도 있지만 가는 길이 좋지 않은 데다
꽤 긴 시간을 혼자 운전하는 게 피곤할 것 같고, 무엇보다 혼자 가는 길이
너무 외로울 것 같아서 투어 버스에 몸을 싣기로 했다.
다음 날 이른 새벽, 알람 시간에 맞춰 몸을 억지로 일으켜 고양이 세수를
하고 간단하게 짐을 꾸려 시간 맞춰 호텔 앞에 도착한 투어 버스에 올라탔다.
버스를 휘 둘러보니 예상은 했지만 동양인은 나 혼자였다.
영어 공포증이 있는 나는 혹시라도 동행자들이 말을 걸면 어떡하지 하는
두려움에 가장 구석진 자리에 앉은 다음 눈을 감고 죽은 것처럼 행동했다.
조금 뒤 샛눈을 뜨고 조용한 버스를 살짝 둘러보는데 나처럼 혼자서
온 여행자는 미국 대통령이었던 조지 부시를 빼다 박은 이 하나뿐이었다.
그런데 그는 창밖으로 흘러가는 풍경을 조용히 감상하는 사람들을

가만 놔두지 않았다. 국적을 가리지 않고 사람들에게 말을 걸며 수다를
떨었고, 피곤해서 쪽잠이라도 청하려던 나를 심대하게 방해했다.
화가 났지만 소심한 난 그가 듣지 못할 정도의 작은 목소리로
"아이, 부시 새끼 엄청 떠드네."라고 말하곤 몸을 최대한 달팽이처럼 웅크렸다.
다행히 그는 아레날 화산에 도착할 때까지 나에게 말을 걸어오지 않았다.

버스에서 내리자마자 화산이 보이는 전망대까지 가려면 한참을 걸어야만
한다는 비보를 접하게 되었다. '원래 산도 별로 안 좋아하는데 괜히 왔나?'
라는 후회가 들었다. 게다가 엎친 데 덮친 격으로 파랗게 맑던 하늘이
갑자기 잿빛으로 변하며 비가 흩날리기 시작했고, 전혀 예상하지 못했던
나는 꼼짝없이 그 비를 맞으며 짜증스럽게 산행을 해야만 했다.
그런데 버스 안에서부터 거슬렸던 부시는
어디서 비가 온다는 고급 정보를 입수했는지 얄밉게 빨간 우산을 쓰고
콧노래까지 부르며 시종일관 쾌활한 모습으로 산을 올랐다.
그가 든 빨간 우산은 그의 존재만큼이나 내 눈에 거슬리고 튀었다.
온통 초록인 산길에서 빨간 우산이라니….

게다가 그는 산행을 하는 일행 중 여자들에게만 자기의 우산을 씌워

주었다. 못생기고 뚱뚱한 데다 남자인 나는 당연히 그에게서 혜택을

단1도 못 받았다. 산을 오르는 내내 숨을 헐떡이며 나는

계속 작게 읊조렸다.

"얄미운 부시 새끼."

아레날 화산은 모두에게 자신의 속살을 드러내지 않는다고 한다.

대부분의 날을 구름옷을 입고 자신의 입인 분화구로 수증기를 토해내기

때문에 현지인들도 아레날 화산의 속살을 구경하기란 쉬운 일이 아니란다.

우리도 예외는 아니었다. 비가 내렸다가 뜨거운 햇살이 내리쬐는

변화무쌍한 날씨 속에 마침내 전망대에 올랐을 때 눈앞에 보이는 것은

온통 안개로 뒤덮인 하얀 세상뿐이었다.

발밑으로 강이 흐르는지, 과연 화산이 있기는 한 건지 알 수가 없는

노릇이었다. 현지인들의 말처럼 '역시 못 보는 건가?' 하며 체념하고

있는데, 아레날 화산이 마치 내게 선심을 베푸는 것처럼 세찬 바람이

불어오자 자신을 감싸고 있던 안개 옷을 벗었다.

그러자 모두가 고대하던 아레날 화산의 속살이 드러났다.

아레날 화산의 분화구는 거대한 지옥의 입구 같았다.

지상에서 죄 지은 이들을 싣고 지옥으로 떠나는 기관차처럼 증기를

거칠게 뿜어댔다.

그 광경은 멋지다는 표현은 실례고, 단지 웅장하다는 표현으로는 부족했다.

형용할 수 없는 그 어떤 느낌으로 눈물이 왈칵 쏟아질 것 같았다.

그런데 "오우, 원더풀!!"을 경망스럽게 백만 번 외치는 부시의 목소리가

감동에 빠진 나를 순식간에 현실 세계로 끌고 왔다.

그때 난 또 속으로 말했다.

'개노무 부시 새끼…'

아레날 화산을 보고 내려오는 길에 나는 내내

부시의 발뒤축만 보고 걸었다. 나의 단잠과 감동을 무참히 깬 그였기에

여차하면 발을 걸어 그의 이마라도 깨볼 심산이었다.

너무 가파른 곳에서 하면 크게 다치니까

약간 경사진 곳에서 해볼까라는 상상을 하고 있는데,

부시가 나의 살기를 느꼈는지 갑자기 걸음을 멈추고 돌아서서

내게 말을 걸었다.

"넌 어디서 왔어?"

"코리아."

"코리아? 지금 안 위험해? 너네 보스가 죽었잖아?"

"우리 보스?"

잠시 갸우뚱했으나 그의 말을 이내 알아들었다.

내가 코스타리카로 오기 바로 전날에 북한의 김정일이 사망했다는

뉴스 보도로 한국 사회도 난리가 났으니까 말이다.

"난 남한 사람이야. 네가 말한 것은 북한이고."

살기를 거두고 이번엔 내가 인사치레로 부시에게 어디서 왔냐고 물었다.

그러자 부시는 '그걸 왜 이제야 묻냐?'라는 의기양양한 얼굴과

기름진 버터를 잔뜩 바른 듯한 목소리로 대답했다.

"니요크."

"아, 뉴욕? 네 이름은?"

"손."

아, 이름이 부시가 아니고 손이었구나.

진짜 이름이 부시면 웃길 뻔했다고 혼자 생각하고 있는데,

손이 자신은 세계를 여행 중이라며 여기 오기 전에는

필리핀의 마닐라에 있는 타가이타이를 갔었는데 안 좋았고,

이 여행이 끝나면 보라카이에 갈 거라고 했다.

그러면서 나에게 보라카이가 좋으냐고 물었다.

난 보라카이를 가보지 못했지만 다녀온 친구들이 좋다고 했던 게 기억나

그대로 말해주었다. 산을 내려오는 내내 여행 이야기만 하는 손에게

"넌 일은 안 해?"라고 묻자 손은

"나는 돈을 벌려고 지구에 온 게 아니야."라고 대답했다.

그렇게 매 순간 행복해 보이는 손에게 말했다.

"넌 혼자 여행하는데도 되게 행복해 보여."

그러자 손은 잠시 생각에 잠기더니 이렇게 말했다.

"응, 난 행복해…, 행복하고 외로워."

왠지 그의 대답이 짠해 보여서 위로의 말을 해주고 싶었지만,

적절한 영어 단어가 생각이 나지 않아 버스가 있는 주차장까지

아무 말없이 내려왔다.

다시 호텔로 향하는 버스에서 손은 올 때와 다르게 조용히 창밖의

풍경만 바라보았다.

내가 괜한 말을 해서 그런가라는 걱정이 조금 들었지만

덕분에 버스가 조용해서 좋기도 했다.

산행으로 피곤해서인지 버스 안은 코를 골며 자는 사람이 대부분이었고,

홀로 여행 온 나와 손만 잠들지 않았다.

그렇게 두 시간 반쯤 달려 버스가 내가 묵던 호텔 앞에 도착했고,

버스에서 내리려던 나를 손이 손짓으로 불러 세웠다.

그리곤 자신의 손을 총처럼 만들어 내게 겨누는 시늉을 하더니

미소 지으며 말했다.

"인조이!"

나 역시 버스에서 내리면서 그와 똑같은 포즈를 취해 보이며 말했다.

"엔조이!"

가끔 지치고 힘든 날, 그의 말이 생각난다.

난 내 삶을 잘 즐기고 있는가?

여행 중에 우연히 손을 다시 만나 그가 나에게 "삶을 잘 즐기고 있어?"라고

묻는다면 나는 자신 있게 그렇다고 대답할 수 있을까?

행복하고 외로운 손에게 지지 말아야지.

엔조이 마이 라이프.

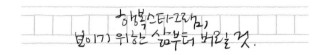

행복스타그램,
보이기 위한 삶부터 버릴 것.

의문도 필요 없고 질문도 필요 없지.

관음증이 넘쳐나는 세상에 필요한 것은

멋진 몸과 옷, 맛있어 보이는 음식이면 족해.

내가 어떤지 자각하기보다

내가 어떻게 보이는지가 중요해.

행복하기 위해서가 아니고

행복해 보이기 위해서야.

비가 오면 씻겨 내려갈

비비드하고 화려한 색깔의 종이옷을 입고

춤추고 있는 네가 너무나 위태로워 보여.

언제나 충고 따위는 필요 없는 너이지만

부러운 삶보다,

부끄럽지 않은 삶이 먼저야.

버려야 하는 것과

버리지 말아야 하는 것을

잘 구분 못 하던 날들이 있었다.

신지 못한 신들로 신발장을 가득 채우고

좁디좁은 마음속을 미움으로 가득 채웠었다.

멋진 브랜드의 신발이 많다고 남들보다

더 빨리, 더 멀리 갈 수 있는 것은 아니며

미움의 감정이 삶의 동력이 될 수는 없다.

내가 사는 아파트는 매주 월요일을

분리수거의 날로 정해놓고, 한 주 동안 집에 쌓인

재활용품들을 모아서 집 밖으로 배출하게 한다.

집 한쪽에 모아둔 너저분한 것들로 일주일 내내

불편했던 마음이 월요일에 그것들을

다 비워내고 나면 더러워진 마음까지도 정화되는 기분이다.

다 비워내는 월요일은 축제의 날이다.

유리병과 플라스틱, 종이 따위만 비워내는 날이 아니다.

한 주간 내 안에 쌓아두며 스스로를 무던히도 괴롭히던

미움과 분노와 슬픔까지 깨끗이 비워내는 월요일이다.

버리는 것은 축제이다.

선한 마음 외에는 다 버리자.

매주 축제에 참가하자.

세상을 살아가는 기준.

어떤 삶이
옳으냐고 묻는 것은,
달걀을 어느 정도로 익혀야
가장 맛있냐고 묻는 것과
별반 다를 것이 없는 질문이다.

내 기준으로는
물냉면 위의 달걀은 완숙일 때가 가장 맛있고,
비빔냉면일 경우에는 반숙일 때가 가장 맛있다.
소풍 가서는 완숙으로 삶은 달걀 두 개를
연속으로 목구멍에 밀어 넣은 후, 목이 메어
숨이 안 쉬어질 때 탄산 가득한 달달한 사이다로
숨통을 터주며 먹을 때가 가장 짜릿하고 맛있다.
그렇게 먹고 터져 나오는 트림은 덤으로 얻는 행복이다.
하지만 이것은 나의 경우일 뿐이고 어떤 사람은 나와
정반대일 수 있으며, 혹은 기준 자체가 다를 수도 있다.

삶이 그렇다.

우리가 생각하는 바르게 산다는 것,

옳은 삶이라는 것, 각자 그 기준이 다르다.

어쨌든 가장 중요한 것은 어떻게 먹든

맛있게 먹고 있느냐는 것이다.

달걀도

삶도.

작지만 아주 확실한 행복.

커피숍을 할 것도 아닌데

바리스타 자격증까지 딴 아내는

아침마다 콧노래를 흥얼거리며 커피를 내려준다.

행복한 표정으로 커피를 마시며 "오늘은 어제와 달리 바디감이 좋지 않아?"

라고 내게 묻는다. 아내의 물음에 미소로 화답하지만

커피를 잘 모르는 나는 커피가 어제도 쓰고 오늘도 쓰다.

또 어떤 날에는 날 호들갑스럽게 불러 집 창가에 있는 화분 앞으로

불러 세운다. 그러고선 "여기에 새로운 잎이 하나 생겼어. 신기하지?"라고

한다. 어제도 화분을 열심히 보지 못한 나는 역시 미소를 지으며

"그러네."라고 답하지만 그럴 때면 틀린 그림 찾기를 하는 기분이 든다.

미세먼지가 없으면 그래서 좋다고,

하늘이 푸르면 그래서 좋다고,

바람이 불면 그래서 좋다고,

새싹이 돋으면 그래서 좋다고,

아내는 좋은 게, 행복한 일이 참 많은 사람이다.

'소소하다'를 사전에서 찾으면

'작고 대수롭지 아니하다.'라고 나온다.

행복을 크기로 나눌 수는 없겠지만, 아내를 보고 있노라면

큰 행복을 잘게 부숴서 자신의 삶 전체에 뿌려놓고

산다는 생각이 든다. 그래서 어떨 때는 그녀가 활짝 웃으면

그녀 뒤로 반짝이는 빛들이 분주하게 산란한다.

작은 행복을

크게 만끽하는 그녀를 보며 생각한다.

그래, 행복이 별건가.

이게 행복이지.

나는 뻔뻔하게 살기로 했다.

그래 나는
뚱뚱하고 게으르고
이제는 나이도 많이 먹었고
심지어 인기도 별로 없지만,
이런 내가 좋고
이런 나를 사랑한다.
자기 입으로 이런 말을 하는
내가 뻔뻔하다고?
그래, 나 이제
뻔뻔하게 살기로 했다.

그런데 뭐,
어쩔래?

맛있는 귤을 고르는 방법.

맛있는 귤을

고르는 방법이 있다.

꼭지는 꼭 푸른 것, 바닥은 평평하지 않고

조금은 울퉁불퉁한 것, 껍질은 너무 두껍지 않고

너무 매끈하지 않으며 약간의 상처가 있는 것.

좋은 사람을

선별하는 방법도 있다.

겉치레보다 속의 단단함을 중요시하는,

실패를 겪으며 요행보다는 땅의 가르침을 아는,

자신의 상처처럼 타인의 상처도 보듬어주는.

그런 귤,

그런 사람.

내 친구 현종이는 뚱뚱하다.

나도 뚱뚱한데 나보다 더 뚱뚱하다.

20여 년 전 나는 현종이와 얼굴이 늘 빨개서 딸기라고 불리던 진수까지

셋이 태국 푸켓으로 우정 여행을 떠나기로 했다.

그런데 여행 당일 진수가 몸이 너무 아파 여행을 가지 못하겠다고 하는

바람에 애초의 계획과 달리 둘만 여행을 떠나게 되었다.

셋이서 푸켓에 가면 뭘 할지 미리 다 정해놓은 터라 한 명이 빠지니까

왠지 여행이 재미없을 것 같다는 걱정이 엄습하기 시작했다.

우리는 여행 가이드에게 이번 패키지여행에 같이 가는 사람이 몇 명이냐고

물었다. 가이드가 서른여덟 명이라고 말하자마자 우리는 명단을 좀 봐도

되겠느냐고 했다. 가이드가 선뜻 명단을 보여주는데 언뜻 봐도 여자들의

이름이 꽤 많았다. 오랜 세월 봐온 우리는 서로의 눈빛을 보며

어떤 마음인지 단박에 알아차렸다.

"이 서른여덟 분 전부가 우리와 같은 푸켓으로 가나요?"

내가 궁금해하는 것을 현종이가 가이드에게 물었다.

"아뇨, 푸켓은 두 분만 가세요.

나머지 서른여섯 분은 파타야로 가시는 거고요."

좌절한 우리는 가이드가 잠시 자리를 비우자마자 긴급회의에 들어갔다.

물론 회의는 길지 않았다. 왜냐하면 의견이 같았으므로.

우리 둘만 푸켓으로 가면 재미없을 것 같다. 그러니 가이드에게 가서

행선지를 바꿀 수 있는지 묻고 가능하다면 푸켓 대신 파타야로 가자.

의견일치를 본 우리는 바로 가이드에게 달려가 간절한 눈빛으로

행선지를 바꿔도 되는지 물었다. 그러자 가이드는 오히려

푸켓 여행이 더 비싼데 그래도 되겠느냐고 했다.

당연히 가능하고말고. 그렇게 우여곡절 끝에 파타야로 행선지를 정한

우리는 좌절 모드에서 다시 신남 모드로 바뀌었다.

다섯 시간 반을 날아 태국의 수도 방콕 수완나품 공항에 도착했다.

우리 둘 다 뚱뚱한 몸으로 다섯 시간 넘게 비행기의 좁은 좌석에

꼭 낀 채로 있다보니 힘들긴 했지만 앞으로 펼쳐질 여행에 대한

기대감이 커서인지 피곤한 줄도 몰랐다.

우리는 명단에 있는 여성 분들의 이름을 떠올리며 부푼 마음으로

가이드가 알려준 집결 장소로 빠르게 걸음을 옮겼다.

그런데 이게 웬일인가.

흔한 이름이지만 예쁜 얼굴일 것 같은 김지현은 아홉 살이었다.

세련미 넘치는 오혜미라는 이름의 주인공은 예순하나의 할머니셨다.

환갑잔치 대신 효도 관광을 왔다는 할머니 곁에는 아들 부부와

열한 살의 손녀가 있었다.

우리 또래인 정유미란 아름다운 분이 계셨지만

그녀의 곁에는 뚱땡이인 우리와는 비교도 안 되게

조각처럼 잘생긴 남편이 있었다.

결국 우리는 그 여름 바닷가에서 일곱 살, 네 살, 열한 살 먹은 아이들의

손을 잡고 뛰어다녔다. 육아에 지친 부부들이 아이들을 죄다

우리 둘에게 떠넘긴 탓이었다. 꼬마 아이들은 우리 두 뚱땡이가

푸근한 곰돌이처럼 느껴졌는지 우리를 잘 따랐다.

바닷가를 뛰어다니며 우리 둘은 실성한 사람처럼 웃었다.

힙합 그룹 리쌍의 노래 가사 중에 '내가 웃는 게 웃는 게 아니야.'라는 말이

너무 절실히 와닿는 순간이었다.

우리의 불행은 그것으로 끝이 아니었다.

태국 여행을 다녀온 사람들은 잘 알겠지만, 패키지로 가면

꼭 가는 코스가 있는데 조련된 코끼리의 등에 올라타서

정글을 한 바퀴 도는 정글 트래킹이 바로 그것이다.

말이 정글이지, 코끼리 농장 안에서 코끼리 등에 달아놓은 바구니를

타고 어슬렁거리는 게 전부였다. 단상에 올라서서 기다리고 있으면

등에 바구니를 단 심드렁한 표정의 코끼리가 마치 마을버스처럼

여행자들 앞에 와서 선다. 그때 조련사가 코끼리에게

태국어로 명령을 내리면 코끼리는

여행객이 바구니에 탈 수 있도록 앞무릎을 꿇는다.

조심스럽게 여행객들이 바구니에 타면 코끼리는

무릎을 펴서 몸을 일으키고는 농장 한 바퀴를 돈다.

우리 앞에 서있던 예쁜 신혼부부가 떠나고 우리 두 뚱땡이의 차례가 왔다.

100킬로그램이 조금 안 되는 나와 100킬로그램이 넘는 현종이는

바구니에 최대한 조심스럽게 엉덩이를 붙이고 앉았다.

우리가 잘 앉은 것을 확인한 조련사는 코끼리에게 일어나라고 명령했다.

그러자 코끼리는 앞무릎을 펴 몸을 일으켰다.

아니, 일으키려는 시도를 했다.

하지만 더 이상 힘을 쓰지 못하고 주저앉고 말았다.

가련한 코끼리가 뚱뚱한 우리 둘의 몸무게를 이겨내지 못한 것이다.

가이드도 당황하고, 조련사도 당황하고, 코끼리도 당황했지만 가장

당황한 것은 우리 두 사람이었다. 뒤에 줄 서있던 여행객들이

키득키득 웃기 시작하자 우리 둘은 창피한 마음에 얼굴이 빨개졌다.

조련사는 더 힘찬 목소리로 코끼리에게 일어서라고 명령했고,

코끼리도 '이까이 꺼' 라는 마음으로 다시 일어서려고 애썼지만

또 실패하고 말았다.

조련사는 우리 둘을 내리게 한 다음 다른 조련사들을 급하게 불러

모으더니 뭔가를 심각하게 논의했다.

잠시 후 지축이 흔들릴 정도로 커다란 발자국 소리가 들렸다.

소리 나는 쪽으로 눈을 돌려보니 전설에나 존재한다는 매머드 급의

코끼리가 우리 쪽으로 걸어오고 있었다.

녀석의 표정은 '꼭 나까지 나서야 해?'라는 듯 심드렁해 보였다.

그러나 우리를 본 순간 약간은 긴장하는 표정으로 바뀌었다.

'아, 이유가 있었네. 그래서 2년 전 운동하는 러시아 사람들이 왔을 때

이후로 한 번도 호출하지 않은 날 부른 거구나.'라고 생각하는 듯했다.

코끼리는 큰 덩치만큼이나 힘이 넘쳤고 우리 두 뚱땡이를 태우고서는

벌떡 무릎을 세우고 일어섰다. 그러자 옆에서 조마조마하게 지켜보던

조련사들이 박수를 치며 환호성을 질렀다. 마치 세계 역도 대회에서

장미란 선수가 세계 신기록을 갈아치운 현장 분위기였다.

환호에 힘입어 코끼리는 몇 발자국을 걷더니

갑자기 볼링공만 한 변을 마구 쏟아냈다.

아마도 우리를 태우며 너무 힘을 줘서 그런 모양이었다.

지난 20년간 이 에피소드를 현종이와 함께한 술자리에서는

거의 한 번도 빠지지 않고 일행들에게 이야기했었다.

현종이는 어떤 날은 지겹다고 했고, 또 어떤 날은 이야기에

보태기를 하며 함께 즐거워하기도 했다.

그리곤 얼마 전에 내게 이런 말을 했다.

"지난 20년 동안 코끼리 트래킹을 했던 이야기를 계속하다보니

우리가 탔던 코끼리의 크기가 점점 커지는 것 같아.

네가 허풍이 점점 세진다고 생각하면서도 또 한편으로는

'지난 20년간 우리 사이에 새로운 추억이 없어서

그 섭섭함을 코끼리가 먹고 자란 게 아닐까?' 하는 생각이 들어서 씁쓸해."

친구의 말을 들으니 어쩌면 그럴지도 모른다는 생각이 들었다.

더 늦기 전에 친구와 함께 그 코끼리나 다시 한 번 만나러 가야겠다.

더 이상 코끼리가 자라지 않도록.

사람의 마음을 옮기는 법.

마음은

한 개인 줄 알았다.

그래서 그 한 개뿐인 마음을

이리 옮기면 이리로 가고,

저리 옮기면 저리 가는 줄로만

알고 이때까지 살아왔다.

마음은

천 개의 작은 돌들이 모여

한 개의 마음으로 이루어져 있다.

내가 오늘 그 사람의 마음 한 개를 훔쳐

내 쪽으로 옮겨 놓아도, 그 사람에게는

아직도 내가 옮겨야 하는 마음 999개가 남아 있다.

오늘 한 개, 내일 한 개, 또 내일모레 한 개

그렇게 성실하게 천 일 동안 옮겨야만

겨우 그 한 마음을 내게로 옮길 수 있다.

그래서 사람의 마음이

그토록 무거운 것이다.

받는 사람의 마음도 헤아려주세요.

상자를 고를 때도 신중을 요한다.
너무 커서 덜컹거리지는 않을까,
너무 작아서 넘치지는 않을까를 고민하며
세심한 마음으로 신중하게 고른다.
상자의 모서리가 뾰족해서 행여나
받는 사람이 다치지 않을까를 염려하며
모서리가 둥글게 만들어진 상자를 고른다.

상자를 고른 다음에는
어떤 포장지가 좋을까를 고민한다.
너무 화려하면 혹여 부담스럽지 않을까,
너무 투박하면 성의 없어 보이지 않을까를
고려하며 적정한 예쁜 포장지를 고른다.

상자와 포장지를 선택한 다음에는
상자를 열어 조심스럽게 진심을 담는다.
진심을 넣은 상자를 닫고, 미리 고른
포장지로 정성스럽게 포장을 하는 내내
그에게 보내려는 진심이
올곧이 잘 전해지기를 기원하고 또 기원한다.

진심이란 그런 것이다.
전하는 것만이 중요한 것이 아니라,
받는 사람이 어떻게 받게 될지도
미리미리 잘 헤아려야 하는 것이다.

그렇지 않다면
건네지 않은 것보다 못하다.

술에서 배우는 인생의 지혜.

밤에는 그렇게
다정하게 굴더니

아침에는
날 괴롭힌다.

어쩌겠나, 살아보니
온전한 기쁨은 드문 법.

조금만 버티면
어느새 밤이다.

오새 우리 사이는 멀어진 걸까.

서로의 시간이 빌 때마다 만나는 우리는

서로를 '친구'라고 불렀다.

지척에 있어서, 시간이 돼서, 가던 길에

잠깐 만나는 사이도, 친구라고 말할 수는 있다.

하지만 내가 생각하는 진짜 친구는 손끝 하나,

발끝 하나 움직이기 힘든 날에도 흔쾌히 만나며,

없는 시간에도 틈을 내어 만나는 사이다.

친구란, 두 개의 몸에 깃든 하나의 영혼이다.

쉽게 약속을 어기는 너와,

약속을 잡기 어려운 너와,

언제나 약속에 늦는 너와,

소중한 것을 모르는 너와,

오늘 그렇게 또 한 발 멀어졌다.

꼭
오늘이 아니라도,
꼭 내가
당신께 표현하지 않아도,

꼭 말할 수 있는 날이 올 거라고,
사랑하는 당신은 내가 말하지 않아도
이미 알고 있다고, 그렇게 당신에게
사랑한다는 말을 미루고
또 하루를 끝마친다.

오늘도 우리는 그렇게
할 일을 남겨두고 잔다.

좋은 길, 함께 걸읍시다.

나란히 걸읍시다.

나란히 걷는다는 건

참 좋은 일입니다.

당신이 지치면 내가 조금 천천히,

내가 지치면 당신이 조금 천천히,

그렇게 나란히 함께 걸읍시다.

그렇게 오랜 시간

긴 세월을 같이 걸읍시다.

오순도순 함께 걸으니

외롭지 않고 참 좋습니다.

당신과 함께 걸으니

모든 길이 참 좋습니다.

올라가는 길에서는 보지 못한 행복,
내려가면서 보았네.

최근엔 비교적 소박한 삶을 살고 있다고 생각하지만,
그 전의 내 삶은 사실 소박한 것과는 거리가 좀 있었다.

어려서부터 유복한 집에서 자라다보니 물질적인 부분에서
부족한 게 별로 없었고, 성인이 되어서는 소가 뒷걸음질 치다
쥐를 잡은 것처럼 행운마저도 거머쥐었다.
서른이 되기 전에 만화가로서 운 좋게 세상으로부터 허명을 얻으며
그로 인해 전혀 예기치 않은 많은 돈을 벌게 되었다.
여기까지만 읽으면 사람들은
'운 좋은 녀석이 흔해 빠진 성공담을 늘어놓네.'라고 생각할지도 모르겠다.

하지만 결론부터 이야기하자면 나는 똥을 밟은 것이다.
아주 오래전부터 어르신들의 경험을 통해 입에서 입으로 구전되어
내려오는 인생의 3대 악재가 있는데,
첫 번째가 초년 대박,
두 번째는 중년 상처,

그리고 마지막 세 번째는 노년 빈곤이다.

이 글을 보면서
"초년 대박이 좋지, 왜 나빠?"라고 하는 사람이 분명 있을 것이다.
하지만 나처럼 어리석은 이에게 초년 대박은 인생의 악재가 분명했다.
'승자에게는 많은 친구가 있고, 패자에게는 진정한 친구만 남는다.'란
말처럼, 내가 잘나가던 시절에는 주변이 많은 친구들로 넘쳐났다.
잘 알지도 못하는 그들과 어울려 매일매일을 자축했고,
파티가 끝났을 때는 넘쳐나던 술통은 텅 비었고 그 많던 친구들은
어디론가 사라져버렸다. 그렇게 서서히 인생의 내리막을 걷다가
기어코 아내로부터 최후의 통첩이 떨어졌다.
그동안 내가 쥐고 있던 가계의 경제권을 본인이 쥐겠다는 선언과
동시에 어리석은 내게는 소정의 용돈만을 주겠다는 일방적인 통보였다.
가혹했으나 당연한 처사였다.
지갑이 얇아진 나는 우울했다.
그리고 주변 사람들에게 그 사실을 들킬까봐

창피해서 외출을 삼가고 집에서 나가지 않았다.

그런 날들이 길어지다 답답한 마음이 최고조에 이른 날,
나는 우울을 안주 삼아 홀로 소주를 들이켰다.
그렇게 세 병쯤 마시고 막 천국의 입구쯤에 이르렀을 때
친한 후배에게서 전화가 걸려왔다.
"형, 뭐해? 어디야? 누구랑 있어?"
한꺼번에 세 가지 질문을 속사포처럼 던지는 후배에게
난 휘청대며 대답했다.
"난 지금 천국 입구쯤에 와 있어."
내 말에 전화기 너머로 왁자지껄한 웃음소리가 들려왔다.
"형, 여기 형이 소개해준 친구들 네 명이 다 모여 있어.
이리 와서 함께 천국에 가자."
함께 천국에 가자는 말에 이끌려 그들이 있는 술자리로 달려갔고,
자리에 앉자마자 이미 취해서 가자미처럼 변해버린 눈으로 술자리를
훑어봤다. 모여 있는 네 명은 서로 모르던 사이였는데 오직 나이가

같다는 이유로 내가 서로를 소개해줘 친해진 후배들이었다.

그중 한 녀석이 내게 말했다.

"형 덕분에 우리 넷 이렇게 좋은 사이가 되었어.

오늘은 우리가 고마운 마음으로 술을 살 테니 마음껏 마셔, 형."

나는 그 말에 두 손을 앞으로 쭉 뻗어 좌우로 흔들며 말했다.

"안 되지, 안 되지, 술만 사면 안 되지. 소개비로 5만 원씩 내놔."

어처구니없는 내 요구에도 그날 후배들은 기분이 좋았는지 당황하거나

싫은 기색 없이 각자 지갑에서 5만 원씩을 꺼내 20만 원을 걷어서

내게 주었다. 술에 취한 나는 고맙다는 말도 없이 그 돈을 받아

아무렇게나 바지 주머니에 쑤셔 넣었고, 그 후로도 한참 동안

술을 더 마시다 나는 결국 그날 천국에 갔다.

다음 날 숙취로 늦잠을 잔 나는 출판사 미팅에 늦을까봐 대충 씻고

급한 마음에 어제 입었던 옷을 다시 꺼내 입었다.

옷을 입던 중 바지 주머니에서 꼬깃꼬깃해진 종이가 만져져서 꺼내 보니

5만 원권 네 장이었다.

없던 돈이 생겨 기뻤지만 어떤 돈인지

기억이 나지 않아 꽤나 당혹스러웠다.

약속 장소로 향하면서 기억을 차근차근 더듬어보니

어제의 상황들이 조금씩 기억이 났고, 돈의 출처를 알게 됨과 동시에

후회가 밀려왔다. 어젯밤 그들의 표정을 떠올려보면 내가 10만 원을

요구했어도 순순히 내줬을 것 같고, 그렇다면 지금 내게는 40만 원이

들려있을 텐데라는 후회 말이다. ㅋㅋ

얇은 지갑이 조금 두툼해지니 행복해졌다.

돈을 많이 벌고 돈의 가치도 모른 채 막 쓸 때는 알지 못하던 기쁨이었다.

용돈을 받아 늘 쪼들리는 요즘이지만,

돈이 많아 흥청망청할 때보다 지금이 훨씬 더 행복하다.

나는 지금 내려가는 길에서 소박한 삶이 주는

행복감을 배우고 있는 중이다.

조금씩이지만, 그렇게 내 소박한 삶에 대한 노하우가

켜켜이 쌓여가고 있다.

그날은 어느 노시인의
시 한 줄이 생각나는 날이었다.

내려갈 때 보았네
올라갈 때 보지 못한
그 꽃.

CHAPTER 04.

인생의
가장 아름다운 시절은
아직
오지 않았다

'이번 생은 글렀다'고 말하는 사람들에게.

2016년 초겨울, 문득 사는 게 복잡하고 힘들다는 생각이 들어
일본 홋카이도 도카치다케 산 정상 부근에 위치한 카미호로소 온천을
찾았다. 다른 날들은 어떨지 몰라도, 내가 찾아간 기간에는
전체 숙박객이 나를 포함해서 세 팀밖에 없을 정도로 한산했다.
그 숙박객들마저 주변 관광을 나간 후에는
새 소리와 작은 동물이 숲을 헤치는 소리만 간간이 들릴 뿐,
나 홀로 우주 공간에서 유영하고 있다는 느낌이 들 정도로
적막한 곳이었다. 나는 혼자 온천도 하고,
온천장 앞 숲길을 천천히 거닐며 지난날의 내 삶을 돌아봤다.
워낙 낙천적인 성격인 나는 힘들고 어려운 일이 있어도 힘들어하는 모습을
주변 사람들에게 보이길 싫어했다. 그래서 애써 늘 밝은 척 행동하며
살아왔다. 그런데 조용한 곳에서 내 마음속으로 걸어 들어가보니
생각보다 더 많이 지쳐있는 내가 느껴져 스스로 눈물겹고 안쓰러웠다.
처음의 계획은 카미호로소 온천에서 여행을 마치고
서울로 돌아오는 것이었지만, 생각을 바꿔 92킬로미터를 운전해서
토마무 리조트에 있는 '물의 교회(Chapel on the Water)'를 찾았다.

계획까지 변경하며 그 먼 곳을 찾은 이유는 마음의 안식을 얻기 위함이었다.

그렇게 멀리까지 운전하고 가서 본 물의 교회는 상상 이상이었다.

교회 안으로 들어가는 좁다란 길은 노출 콘크리트로 높게 담을 쌓아 세상과

격리된 느낌이 들었고, 그 길을 따라 천천히 걸어 들어가며 나는

자연스럽게 지난한 내 인생을 또 한 번 돌아보게 되었다.

한 걸음 한 걸음을 뗄 때마다 삶의 고독감이 짙어지는 느낌이었다.

떨리는 마음으로 교회 안에 들어서니 물 위에 떠있는 듯한

커다란 십자가가 나를 향해 정면으로 서 있었다.

그 십자가 뒤로부터 퍼져나오는 밝고 따뜻한 빛은

종교가 없는 나에게도 경건한 마음이 들게 했다.

형용할 수 없는 마음에 나는 십자가 앞에 무릎을 꿇고 생애 처음

간절하고 절실한 마음으로 기도를 드렸다.

부모님의 건강을 빌었고, 내가 고독한 삶에서 벗어날 수 있기를 빌었다.

기도를 마치니 바람이 물 위를 스쳐 지나가며 물결을 일으켰다.

바람에 잠시 일렁이던 물결이 이내 다시 잔잔해지며 내 기도에 답을 주었다.

"고독해하지 말고, 고요해져라."

물의 교회를 만든 일본인 건축가 안도 다다오는 건축에 대해 조금이라도
흥미가 있는 사람이라면 한 번쯤은 들어봤을 만큼 세계적으로 유명한
건축가이다. 건축계의 노벨상이라는 프리츠커 건축상을 1995년에
수상했고, 1979년에 일본 건축학회 상, 2002년에는 미국 건축가협회
대상을 비롯해 세계 유수의 건축 상들을 휩쓸었다.
또한 하버드 대학과 컬럼비아 대학에 초빙되어 객원교수를 역임했으며,
1997년부터는 일본에서 첫손가락에 꼽히는 도쿄 대학의 교수로 재직 중이다.
이렇게 그의 이력을 쭉 늘어놓으면 대부분의 사람들은 안도 다다오가
당연히 명문대에서 건축을 전공한 천재 혹은 수재일 거라고 지레짐작한다.

하지만 그는 우리의 생각과 달리 기계과 전공의 고졸 학력이 전부이다.
심지어 젊은 시절의 그는 쌍둥이 동생과 함께
건축과는 동떨어진 프로 복서 생활을 했다.
권투 선수와 트럭 운전사로 생계를 이어나가던 중,

오사카의 헌책방에서 우연히 현대 건축의 아버지라고 불리는

르 코르뷔지에의 책을 보고 영감을 받아 건축에 입문해야겠다는 생각을

하게 되었다고 한다.

헌책이었지만 그 책은 당시 가난했던 그가 구입하기에는 비쌌기 때문에,

그는 책을 다른 사람들이 살 수 없도록 눈에 안 띄는 곳에 꽂아 둔 다음

책값을 마련하기 위해 열심히 일했다.

그리고 한 달 뒤 드디어 책을 손에 넣은 후 그가 한 일은

무작정 르 코르뷔지에의 설계 도면을 베끼는 일이었다.

오랜 시간 수없이 많은 설계 도면을 베끼고 현장을 답사하며

오로지 독학만으로 건축가의 길로 들어서게 되었다.

1968년 안도 다다오는 자신의 건축사무실을 냈지만

그에게 일을 의뢰하는 사람은 아무도 없었다.

하지만 그는 포기하지 않고 누군가 새로 건물을 짓는다는 소식이 들리면

건축주에게 가장 먼저 달려가 자신이 설계한 건축 도면을 보여주었다.

그러기를 몇 년, 드디어 그는

첫 번째 작품인 '스미요시 연립주택'을 짓게 되었다.

그 몇 년 동안 그는 수없이 많은 퇴짜를 맞았지만 포기하지 않았고,

그 노력의 결과 고졸 학력이라는 핸디캡에도 불구하고

세계적인 건축가가 될 수 있었다.

젊은 친구들 사이에서 유행처럼 번져나가는 말이 있다.

'이번 생은 글렀다.'라는 말.

이래서 안 되고, 저래서 안 되고, 결국 이번 생은 글렀다고 한다.

살면서 쉽게 내뱉는 나쁜 말이나 부정적인 언어들은

어느 순간 삶을 점령해버린다.

안될 것 같은 일들에 대해 "안 된다."라고 말하는 순간

정말 그렇게 되는 것처럼,

삶의 흐릿했던 것들은 입 밖으로 꺼내는 순간 선명해진다.

안도 다다오가 고졸이어서 안 될 거라는

주변의 말을 믿었더라면 지금의 그는 세상에 없을 것이다.

스스로 할 수 있다는 믿음이 원하는 곳까지 도달할 수 있게 해주는

동력이 된다.

농담처럼 뱉는 인생의 자조적인 말들도 잦아지면 현실이 되어버리고,
자신마저 포기한 삶은 그 누구도 거두어주지 않는다.

이제 안 될 거라는 말은 하지 말기로 하자.
남들보다 빠르지 않아도,
천천히 가도 괜찮으니 '이번 생은 글렀다.'라는 말도 하지 말기로 하자.
농담처럼 뱉은 자조적인 말에 삶이 점령당하게 두어서는 안 된다.

그가 청춘을 인생의 끝에 두고 싶어하는 이유.

나는 도시락을 먹을 때

가장 맛있는 반찬을

제일 나중에 먹는다.

그 이유는 맛없는 반찬을 시작으로

맛있는 반찬 순으로 먹어야지만,

도시락의 모든 반찬을 맛있게

먹을 수 있다고 생각하기 때문이다.

우연히 나와 비슷한 생각을 이미 했던

아나톨 프랑스의 글을 발견했다.

'내가 신이었다면 나는 청춘을
인생의 끝에 두었을 것이다.'

인생의 잔혹함은
청춘일 때 그것이 얼마나
아름다운지를 모르고,
늙어서야 비로소 그 아름다움을
알게 된다는 것이다.

그 말은 하지 말았어야 했다.

하지 말았어야 하는 말이 있다.

너와 끝끝내 함께일 거라고 했던 말,

지키지 못한 약속, 찰나뿐이던 맹세.

언제 밥 한번 먹자는 말,

꼭 다시 만나자는 말,

허공에 떠돌며 손에 잡히지 않던

세상의 수많은 바람 같던 말들을 후회한다.

아무 말도, 어떤 약속도

처음부터 하지 말 것을.

누군가에게는 희망이었을 말을,

누군가에게는 기다림이었을 말을,

따발총처럼 수없이 갈겨놓았다.

오늘 또 허공을 가르는

총성 한 방.

다 알면서도 왜 그렇게 못 할까.

타석에 들어서면 어깨의 힘을 빼야 해.

어깨에 힘이 들어가면 양질의 좋은 타구가

나오기가 어려워. 너무 잘하려고 하지 마.

부담과 긴장을 털어버리고, 마치

공기를 가른다는 기분과 투수 쪽으로

배트를 던진다는 생각으로 가볍게 휘두르렴.

그렇게만 한다면 네가 생각한 것보다

더 멀리까지 타구를 보낼 수 있을 거야.

긴장한 채 어깨에 힘이 잔뜩 들어가서

어린 타자를 가르치는 야구 코치를 본다.

그는 자신도 못 하는 것을 가르치고 있다.

원래 어른도 그런 것이다.

다 알면서도 말처럼

그렇게 못 하는 것.

내가 악플을 그대로 두는 이유.

돌이켜보면 나는 많은 잘못을 했다.

하지만 나와 일면식도 없는 사람들에게까지 '돼지XX 죽어라.'라는 식의

심한 비난을 들을 때면 마음이 힘든 것이 사실이다.

내가 저지른 잘못이 있으니까 나를 공격하는 것까지는 그렇다 치더라도

아무 잘못이 없는 내 가족들까지 비난하는 악플들을 보고 있으면

정말이지 가슴이 무너져내리는 것 같다.

하지만 악플러들을 고소한다고 해서 이미 입은 내 가족들의 상처가

없어지는 것은 아니며, 내 고소로 인해 내가 보호하고 싶은 가족들을

오히려 더 다치게 만들까봐 두렵기도 했다.

결국 나는 고민 끝에 악플들을 그냥 두기로 했다.

그리고 가족들에게 말했다. 인터넷에 떠돌아다니는 글들 중에는

정말 말도 안 되는 유언비어도 많지만

어쩌면 그 모든 것이 내가 걸어온 삶의 일부일지도 모르겠다고,

그래서 내가 짊어지고 가야 할 짐으로 받아들이겠다고.

하지만 그런 나 때문에 받지 않아도 될 상처를 받게 해서 너무 미안하다고,

살면서 다 갚을 수 있을지 모르겠지만 평생 그 빚을

조금씩 갚아나가겠다고 말이다.

일로든, 사적인 친목 모임에서든, 나를 처음 만나는 사람들은 대부분
초록색 인터넷 검색창에 내 이름 석 자를 쳐보고 나오는 경우가 많다.
나 역시 인터넷으로 검색해서 상대방에 대한 정보를 알고 나가는 편인데
아무래도 정보가 있으면 이야기를 풀어나가기가 수월하기 때문이다.
그런 경우가 아니더라도 아주 가끔 내 이름을 검색창에 쳐볼 때가 있는데,
검색에 뜨는 것들 중에 좋은 것은 아주 조금이고 대부분이
나쁜 정보로 가득하다.
(이 순간 당신도 내 이름을 검색창에 쳐보지 않기를 바란다. ㅋㅋ)
주변 사람들은 나에게 너무 심한 것들은 돈을 줘서라도
삭제하는 게 낫지 않겠냐고 하는데,
나는 앞서 말한 이유로 그냥 둔다.

삶이 재미있는 것은 예측할 수 없다는 점 때문이다.
처음에는 사람들이 검색창에 나와 있는 정보만 믿고

나를 굉장히 나쁜 놈 취급하는 게 속상하기도 했지만,

지금은 오히려 좋다는 생각까지 든다.

누구를 만나든 내 평판이 워낙 바닥이다보니

더 이상 밑으로 내려갈까봐 걱정할 필요가 없기 때문이다.

또 내가 조금만 예의 있게 잘해도 사람들은 "소문과는 많이 다르시네요."

라며 호감을 표시해온다.

도대체 내 평판이 얼마나 나쁘길래 이럴까 싶으면서도,

'사람들이 내게 도덕적인 기대치가 정말 없구나.'라고

생각하면 오히려 마음이 편하다.

사람들에게 잘 보이려고 괜히 마음에 없는 말을 늘어놓지 않아도 되고,

내 모습 그대로를 솔직하게 보여도 되니까 되레 좋은 측면이 많았다.

악플들이 나를 너무나 힘들게 했던 시간이 분명 있었고

그리고 그 고통의 시간이 오랫동안 계속될 줄만 알았는데

살다보니 그 악플들로 인해 좋은 측면이 생겨났다고 생각하니

속으로 웃음이 났다.

가만 생각해보니 세상에 벌어지는 모든 일이 그런 것 같다.

완전히 좋은 일도 없지만 완전히 나쁜 일도 없다.

세상은 내가 생각한 것보다 훨씬 더 변화무쌍하다.

그래서 재미있고 조금 살맛 난다.

내 남은 생의 목표가 있다면

인생의 절반을 넘게 걸어왔고
앞으로 삶이 절반도 채 안 남은 지금,
내 남은 생의 목표가 있다면
그것은 건강한 노인이 되는 것이다.

나이가 들어 늘어나는
검버섯이야 어쩔 수 없겠지만,
옷은 깔끔하고 깨끗하게 입고
남의 손 빌리지 않고 내 손으로
검약한 밥상을 차려 먹겠다.

눈은 어두워져 잘 안 보이겠지만,
보고 싶은 것만 보는 편협한 삶을 살지는 않겠다.
약해진 청력으로 잘 듣진 못하겠지만, 항상 귀를
열어 사람들의 이야기를 듣는 따뜻한 사람이 되겠다.

성한 이가 없어 잘 씹지도 못하겠지만, 꼭 필요할 때만
입을 열며 상처주는 말은 하지 않는 사람으로 살겠다.
다리가 아파 잘 못 걸어도, 느린 걸음으로 많은 곳을
여행하며 여행지에서 만난 좋은 것들과 좋은 사람들에게
배운 것을 실천하는 여유 있는 삶을 살아가겠다.

어린 시절부터 줄곧 들어온
'무엇이 되고 싶냐?'는 질문에
이제 '건강한 노인'이라고 답을 한다.

소년의 두늦은 변명.

그때 지키지 못했던
수많은 약속들,
당신을 다시 만나면
진심이었다고 말해주고 싶소.

그땐 너무 어렸다고,
약속을 지키기엔 너무 여린
소년의 심장이었다는 진심 어린
변명을 당신에게 하고 싶소.

당신과 했던 수많은
약속 다 못 지켰지만
단 하나,

평생 당신을 잊지 않고
살아가겠다는 그 약속은
지키며 살아가겠노라고
꼭 말해주고 싶소.

아주 많이
늦었지만.

'깨달음'이라는 말에 대한 고찰.

2013년도 10월, 필리핀 세부 근처의 보홀 섬에서 진도 7.2의
강력한 지진이 발생해 220명의 사망자와 수많은 이재민이 생겼다.
진도 7.2 정도의 지진이면, 집의 흔들림을 분명히 알 수 있고
교량이 뒤틀리고 벽이 파괴될 정도의 위력을 보인다고 한다.
피해 가구에 설치된 CCTV 카메라에 그날의 모습이 생생하게 찍혔다.
지진으로 인해 집 안이 심하게 흔들리며 높은 곳에 놓여 있던
가재도구들이 바닥으로 떨어졌고, 집 안에 있는 사람들이 놀라서
머리를 감싸고 밖으로 뛰어나가는 모습이 카메라에 고스란히 잡혔다.
그리고 그 집에서 키우는 것으로 추정되는 개 한 마리도 역시 놀라서
밖으로 뛰쳐나가는 모습이 포착되었다.

놀라운 광경은 그 다음부터였다.
사람들 사이를 이리저리 뛰어다니며 무언가를 찾던 개는,
자신이 찾던 그 무언가가 보이지 않자 조금의 망설임도 없이
다시 심하게 흔들리는 집 안으로 뛰어들어갔다.
그 개가 찾던 것은, 아직 집 안에 남아있던 나머지 개 한 마리였다.

우왕좌왕하고 있는 동료 개를 인도해서 흔들리는 집 밖으로
함께 나오는 모습이 CCTV 카메라에 고스란히 찍힌 것이다.

큰 지진에 놀라 오직 자신의 안위만을 걱정하는 사람들과 달리,
개는 집 안에 미처 피신하지 못한 다른 개가 있다는 사실을 인지하자마자
위험을 무릅쓰고 다시 집 안으로 뛰어들어간 것이다.
그 영상을 보며 감동도 감동이지만
'나라면 그 상황에서 과연 어떻게 했을까?'라는 의문이 들었다.
나도 그 개만큼 용감하게 뛰어들 수 있었을까?

우리는 욕을 할 때 '개XX' 혹은 '개보다 못한 자식' 따위의 표현을 쓰곤 한다.
우리 사회에서 빈번하게 쓰이는 욕이지만, 이쯤에서 그 욕을 없애거나
우리가 정말 개보다 더 나은 삶을 살고 있는지 따져봐야 한다.

그리고 만약 그렇게 살고 있지 못하다면
개에게 최소한의 미안한 감정을 가져야 마땅하다.

적어도 그날 내가 보았던 개는 욕의 의미로
쓰일 삶을 살고 있지는 않았기 때문이다.

개보다 나은 삶을 산다는 것,
생각보다 쉬운 일이 아니다.

플레이보이에게 사랑을 묻다.

너처럼

많은 사람과 사랑을 나누어봤고,

너처럼

여러 번 결혼한 사람도

사랑 때문에 아파봤니?

스물여덟 살이 되어서야

처음 사랑을 알았다는

사랑에 조금 늦된 친구가

신기하다는 듯이 물었다.

그럼 당연하지.

수백, 수천 번의 사랑을 한

플레이보이도 첫사랑은

단 한 사람이야.

꼰대라는 소리를 듣을지라도.

꼰대의 뜻을 찾아서 살펴보면 '늙은이를 이르는 말',
혹은 '학생들의 은어로 선생님을 이르는 말'이라고 되어있다.
또한 자신의 경험을 일반화해서 남에게 일방적으로
강요하는 것을 속된 말로 '꼰대질'이라고 한다.

누군가를 딱히 가르친 경험이 일천한데도 어느덧 선생님이란 호칭으로
불리는 것이 자연스러운 나이가 되어버렸고, 어리고 젊은 친구들의
눈으로 보자면 어쩔 수 없는 '늙다리'가 되어버렸다.
싫고 좋고를 떠나서 이것이 삶의 자연스러운 순리라
나로서도 어쩔 수 없는 일이라 생각한다.
다만 이렇게 늙어버린 나에게도, 붉디붉은 뜨거운 피를 심장으로
펌프질하기 위해 내 푸른 정맥이 바다에서 갓 잡은 물고기처럼
펄떡거리며 요동치던 젊은 날이 분명히 있었다.
그때는 내 젊은 날이 영원할 것만 같았다.
하지만 지나고 나니 그 시간은 찰나에 불과했다.

물론 나는 그 시간 동안 많은 것들을 경험했다.

작은 성공도 거두었지만 앞만 보고 달리다

무언가에 걸려 넘어지기도 하고,

경험하지 않아도 될 법한 많은 실수와 실패를 반복하며 지금에 이르렀다.

그래서 오래전의 나처럼 경험 부족으로 실수와 실패를 겪으며

좌절하는 젊은 친구들을 보고 있노라면 도저히 남의 일 같지가 않다.

그들이 얼마나 힘겨운지, 또 얼마만큼의 노력을 했는지

다 알 수는 없겠지만 말이다.

그런 친구들에게 내 젊은 날의 경험이 도움이 될까 싶어 조심스럽게

조언이라도 건네려 하면 우스개 이야기처럼 빈정거리며 말한다.

충고랍시고 꼰대질을 할 거면 대신 돈을 달라고.

세상의 모든 충고가 다 도움이 되는 건 아니라는 사실을 나도 잘 안다.

하지만 살면서 내게 도움이 되었던 조언과 충고는

억만금을 주고도 살 수 없었다.

싱거운 음식에 소금을 조금 톡톡, 너무 짠 찌개에는 잘 우려낸 육수를

조금 부어주는 것처럼, 좋은 충고와 조언은 세상의 여러 난관들에

지혜롭게 대처하는 방법을 알려준다. 그렇게 선한 마음으로

어려움을 겪는 젊은 친구에게 조언을 건네는 것마저 꼰대질이라고

손가락질한다면 비겁하게 물러나는 대신 난 기꺼이 꼰대라는 소리를

들을 각오가 되어있다.

솔직히 어느 누가 꼰대라는 말을 좋아하겠는가.

하지만 "너희들에게 이런 세상을 물려줘서 미안하다."라는 대책 없고

무의미한 말을 하느니, 난 기꺼이 꼰대라는 말을 들으며 조언할 것이다.

대부분의 늙은 사람들에게는 젊은 친구들에게

필요한 인생의 간을 맞춰줄

소금과 잘 우려낸 육수가 있다는 것을 그대들이 알았으면 한다.

오랜 삶을 통해 우려낸

진한 육수와

약간의 양념.

톡.

톡.

톡.

그런 사람, 그런 사랑.

허황된 손짓이나

커다란 목소리 대신

언제나 미소로

날 부르던 사람.

그래서 그런

당신을 떠올리면

언제나 나를

미소 짓게 만드는 사람.

그런 사람,

그런 사랑.

애초에
독을 메울 생각이 없었다.

술을 즐기며 사니
수중에 돈이 없고,
술을 안 마시고 살아도
수중엔 돈이 없었다.

넘치게 두기보단 퍼내어주고,
가득 채우기보단 조금 비워둘 것이다.
가득 차있으면 아무것도 넣을 수 없는 법.
'나'라는 독도, 내 독에 든 술도 넘치느니
이웃과 나누며 흥겹게 살다 갈 것이다.

언제나 혼자 마시는 술보다
함께 마시는 술이 좋다.

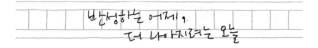

고백한다.

나는 좋은 사람이 아니었다.

스스로 좋은 사람이라고 믿었을 뿐.

알면서도 그랬고, 모르는 사이에도

내 나쁜 언행들은 나를 스쳐 지나간

많은 사람들에게 상처를 주었으리라.

다만 일 년 전보다, 한 달 전보다,

그리고 어제보다 오늘,

나는 더 좋은 사람이 되고자 한다.

그냥 불어오는 역풍은 없다.
나에게 불어오는 모든 바람은
모두 내 안에서 시작되어 더 큰 바람으로
다시 내게 닥쳐 불어오는 것이다.

반성하는 어제와 더 나아지려는 오늘이 없다면
그 바람을 뚫고 내디딜 내일의 한 발은 없다.

153번의 떨어짐이 준 삶의 교훈.

프로야구 한화 이글스는 꼴찌를 도맡아 하던 팀이다.
그래서 이글스를 지치지 않고 응원하는 팬들은 스스로를
'보살팬'이라고 지칭하며 이글스의 도약을 간절하게 바랐다.
그동안의 이글스는 프로야구 명장으로 불리던 감독들의 무덤이었다.
아홉 번이나 프로야구 우승을 이뤄낸 명장도 팀 재건에 실패했고,
우승 청부사라 불리던 노감독마저 팀을 일으켜 세우지 못하고
자신의 이력에 오점을 남기며 쓸쓸히 퇴장했다.

그런 이글스가 2018년 시즌이 시작되며 달라지기 시작했다.
패배에 익숙한 탓인지 작은 고비에도 쉽게 와르르 무너지던 팀이
끝까지 포기하지 않는 경기를 하며 역전승을 거두기 시작했고,
그렇게 한 경기 한 경기가 쌓여가자 선수들에게는
'우리들도 할 수 있다.'는 자신감이 붙게 되었다.
자신감이 생긴 팀은 꼴찌를 도맡아 하던 예전과 분명 달랐다.
그처럼 이글스가 단단해진 요인을 전문가들은 불펜에 있다고 평했는데,
그 불펜을 이끄는 이가 바로 송진우 코치이다.

송진우 코치는 현역 시절 210승 103세이프를 올린 전설적인 명투수이다.

특히 210승은 한국 프로야구 통산 최다승 기록이다.

사람들은 그에게 전설의 명투수가 이제는 코치가 되어 야구를 가르치면서

후배 투수들에게 승리의 비법을 전수한 것이 아니냐고 물었다.

그러자 그는 이렇게 답했다.

"난 승리를 많이 거둔 투수가 맞다.

하지만 동시에 한국 프로야구 역사상 가장 많은 패전(153패)을

기록한 투수이기도 하다. 많이 진 경험이 지금의 코치 역할에

큰 도움을 주었다."

그렇다.

우리의 삶은 승리보다

패배에서 더 배울 것이 많다.

자유를 누릴 자유.

강요하지 말 것.

운신의 폭도

자유로운 생각도.

판단을 유보할 자유,

생각이 다를 자유,

그대의 생각에

동조하지 않을 자유.

표현이 다른

화가만이 있을 뿐,

세상에 그림을

못 그리는 화가는 없다.

전직.

그와

그녀가

만났다.

이젠 조금

늙어버렸지만

아직 아름답다.

전직

소년

소녀.

나를 당신에게
어떤 책일까.

세상 사람들이

한 권의 책이고,

나 역시 당신이 한때

읽었던 책이라면,

'나'라는 책은

당신이 오랜 시간이 지나도

다시 한 번 읽어보고 싶다는

생각을 하게 만드는

그런 책이고 싶네.

쉽게 읽히나

쉬 덮을 수 없는.

올드카에게도 끝은 있다.

세상의 많은 것들 중

대부분은 새것이 좋다.

아직 누군가에게 단 한 번도 밟히지 않은 새 운동화가 좋고,

1200만 화소에 최신 프로세서가 탑재된 모바일폰과

처음 덮은 이불의 뽀송뽀송하고 부드러운 촉감이 좋다.

차는 말할 것도 없다.

갓 출고되어 나온 차에 오르면 특유의 새 차 냄새가 후각을 자극하고,

엔진 버튼을 누르면 부드럽지만 힘이 느껴지는 엔진 소리가 청각을 자극한다.

가벼워진 차체와 강력해진 심장 그리고 세련된 최신 실내 디자인은 저절로

감탄을 자아내며 운전자가 운전석에 오래 머물고 싶어지게 만든다.

하루가 다르게 세상의 기술이 좋아지니, 자동차의 기본인 주행 외에도

여러 면에서 성과를 이뤄낸 새 차는 예전의 구식 차들과 비교 자체가

되지 않는다.

더 잘 달리고 더 멋진 디자인의 차가 하루가 멀다 하고 쏟아져 나온다.

그렇게 멋진 차가 즐비한 세상에서

'나'라는 차는 1969년 10월에 출고되어

2018년 10월 현재까지 50년 동안 운행되었다.

한창때는 고속도로를 달린 적도 있었고, 포장이 되지 않은

울퉁불퉁한 시골길을 외로이 홀로 긴 시간을 달린 경우도 있었다.

또 어느 도로에서는 타이어가 펑크가 나서 스페어타이어로 갈아 끼우느라

한참 동안을 고생한 적도 있었다. 이제는 잦은 사고로

앞뒤 범퍼 모두 붙어만 있을 뿐 제 기능을 다하지 못한다.

오랜 시간 동안 조금씩 틈이 벌어진 낡은 차체는 달릴 때마다

비명 소리를 낸다. 그래서 주변 사람들 모두 '나'란 차를 버리라고 한다.

고물차를 버리고 성능 좋고 잘 달리는 최신식 차로 바꾸라고 말이다.

하지만 나는 추운 겨울날, 간절한 마음으로 내게 말 걸어오는

'나'란 차를 버릴 수 없다.

오래되고 낡은 차는 추운 겨울에 단번에 시동이 걸리지 않는 경우가

대부분이다. 낡은 차일수록 충분한 예열이 필요하다.

키를 꽂고 바깥 풍경을 잠시 감상하다

키를 끝까지 돌려 시동을 거니 '나'라는 차가 카랑카랑~ 하며

가래 낀 목소리로 내게 말을 걸어온다.

최신식 차처럼 매끄러운 엔진음이 아니어서 마음 한구석이

서걱거리는 짠한 느낌이지만, 최선을 다해 자신의 진심을 내게 건넨다.

"난 아직 달릴 수 있어.

세월이 흘러 낡아버렸지만, 난 여전히 잘 달릴 수 있어.

최신식 차처럼 빠른 속도로 다른 차들을 추월하며 달릴 수 없고,

느리고 삐걱거리지만 네가 원하는 곳까지 갈 수 있어."라고.

'나'라는 차,

아직 달릴 수 있다.

비록 느리고 삐걱거리지만.

그만둘 때, 다시 시작할 때.

누군가가 어떤 일을 시작할 때는

그 일에 재능을 발견했거나

그 일로 성공할 수 있을 거라 믿어서이다.

그리고 누군가가 어떤 일을 그만두려 할 때는

그 일에 재능이 없다고 생각했거나

그 일로 이제는 성공할 수 없다고 판단해서이다.

재능이 없어 하던 일을 그만두고 다른 일을 시작한다면,

과연 하려는 일에는 재능이 있는지도 고민해봐야 한다.

재능도 없는데 끈기마저 없는 이는 어떤 일도 못 해낸다.

하지만 나는 끈기가 재능을 이기는 경우를

살면서 심심치 않게 보아왔다.

인생의 가장 아름다운 시절은
아직 오지 않았다.

디자인을 '드럽게' 못하는 어느 디자인 회사 한쪽 벽에

이렇게 쓴 표어가 붙어있다.

"아직 최상의 디자인은 나오지 않았다."

디자이너들은 잘 보이는 곳에 그 표어를 붙이라고 말한 사장을 독살하고

싶은 마음이겠지만, 그 표어는 왠지 내 마음에 들었다. 어쩌면 그 회사에서

유일하게 내 마음에 든 것일지도 모르겠다.

살면서 매번 느끼는 거지만 한 번에 잘된 일은 거의 없었다.

아주 오래전 디자이너였던 시절에도 며칠 밤을 새우며

디자인을 고치고 또 고쳐야만 비로소 마음에 드는 디자인이 나오곤 했고,

글과 그림을 그리는 지금도 한 번에 쓰고 그린 글과 그림에 만족스러움을

느끼는 경우는 거의 없었다.

계속 고치고 다듬어야 한다는 것이 육체적으로 괴로웠지만

그 괴로움은 지나고 나면 잠깐이었고 고생 끝에 만족스러운 결과물을

얻어내면 그 모든 몸과 마음의 고생이 한꺼번에 상쇄되는 기분이 들었다.

아무리 노력해도 좋아지지 않는다면 그보다 절망적인 일은 없을 것이다.

하지만 힘들어도 다듬고 고치면 나아질 수 있다는 것은
매우 희망적이고 기쁜 일이다.

지금까지의 내 삶이 그렇다.
처음 살아봤기에, 내 삶의 궤적 중 마음에 드는 것이 하나도 없다.
지금까지가 그저 살아온 시간이었다면, 이제부터 남은 시간은
미흡한 내 삶을 조금씩 고쳐 다듬어나가는 시간으로 쓰고 싶다.
그렇게 생각하니 모든 것이 희망적이다.

앞으로 더 좋아질 수 있다는 희망,
내 인생의 가장 아름다운 시절은 아직 오지 않았다.

CHAPTER 05.

더 늦기 전에
당신에게
해주고
싶은 말

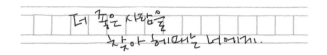
더 좋은 사람을
찾아 헤매는 너에게.

내가 모범적이지 못한 결혼 생활을 보여서인지, 유독 내 주변에는

결혼에 대해 부정적이어서 꽤 나이 들어서까지 결혼을 하지 않고

(혹은 결혼을 못 하고) 지내는 사람들이 참 많다.

혼자서라도 잘 살면 그만이겠지만 그들은 행복하지 않은 표정으로

노상 외롭다는 말을 입에 달고 산다.

그렇게 외로우면 결혼하지 왜 혼자 청승맞게 지내느냐고 물으면,

어릴 때는 몇 번 결혼할 기회가 있었지만 그 몇 번의 기회를 그냥

흘려보냈거나, 혹은 괜찮다고 생각한 상대를 어물쩍대다 놓치고 나니까

이제는 좀처럼 연애할 기회조차 생기지 않는다고 말한다.

그들은 나이가 들수록 그러한 상황이 더 심화된다고들 하는데

옆에서 지켜본 나로서는 그들의 말이 쉽게 납득이 되질 않고,

오히려 결혼 못 한 것이 자신의 탓이 아니라는 변명으로만 들렸다.

물론 그들의 말처럼 다시금 연애할 기회가 오지 않는 경우도

드물게는 있었지만, 그렇지 않은 이들이 대부분이었기 때문이다.

그들의 공통점은 늘 주변에 좋은 사람이 있어도 다른 곳만을 바라보거나

누군가가 좋은 이를 추천하며 진심으로 사귀어보라고 권해도,

정작 입으로만 외롭다고 할 뿐 시큰둥한 반응으로 일관했다는 것이다.

이유를 물어보면 '더 좋은 사람이 있을 것 같아서'라는 답을 한다.

그 답은 마치 옥수수 밭을 가로질러 뛰어가며 가장 큰 옥수수를 따서

나와야 하는 아주 어려운 미션과도 같다. 그게 뭐가 어려운 일이냐고 묻는

사람이 있겠지만, 욕심이 많은 사람에게는 가히 미션 임파서블에 가깝다.

단, 그 옥수수 밭에서 옥수수를 딸 때는 간단하지만 어려운 두 가지

규칙이 있다. 첫 번째는 '앞으로 가는 것만 가능하며

뒤로 다시 돌아갈 수는 없다.'이고,

두 번째는 '밭을 나오기 전에 옥수수는 딱 한 번만 딸 수 있다.'이다.

큰 욕심이 없는 사람은 옥수수 밭을 가로질러 가다 자신이 원하는 크기의

옥수수를 발견하면 별 고민 없이 그것을 따서 밖으로 나온다.

그렇게만 하면 그것으로 미션 달성이다.

하지만 욕심이 많은 사람은 자신이 발견한

큰 옥수수 앞에서 고민한다.

'이 옥수수보다 더 큰 옥수수를 발견하면 어쩌지?'라고.

결국 고민 끝에 처음 발견한 큰 옥수수를 따지 않고 지나쳐 달려간다.

그 후 더 큰 옥수수를 찾으면 '봐, 내가 생각한 대로 아까보다

더 큰 옥수수가 있잖아. 그럼 어쩌면 이것보다 더 큰 옥수수가 있을지도

몰라.' 하면서 두 번째 옥수수도 따지 않고 지나친다.

그러다보면 아무리 큰 옥수수를 찾아도

'더 가면 지금보다 더 큰 옥수수가 나올지도 몰라.'라고 생각하며

또 지나치게 되고, 그렇게 욕심부리는 사이에

해는 뉘엿뉘엿 기울어 사방이 어두컴컴해진다.

그래서 옥수수 밭 끝자락에 다다랐을 때에는

맨 처음 발견한 옥수수보다 더 작은 옥수수만이 남아 있을 뿐이다.

'더 좋은 사람'을 찾는다는 것이 나쁘거나 이상한 행동은 아니다.

세상 모든 사람이 자신과 인생을 함께할 좋은 사람을 찾는다.

단지 내가 그들에게 아쉬운 건

좋은 사람을 찾으려고 노력했던 만큼, 과연 자신 또한

누군가에게 좋은 사람이 되기 위해 노력했는지를 묻고 싶다.

좋은 사람에 대한 기준은 모두 다르겠지만, 내 기준으로 좋은 사람은

'자신이 먼저 좋은 사람이 되기 위해 노력하고

현재의 삶에 감사하며 사는 사람'이다.

당신이 먼저 좋은 사람이 된다면

그렇게 찾아도 없다던 그 좋은 사람이

꼭 당신 앞에 나타나줄 거라고 믿는다.

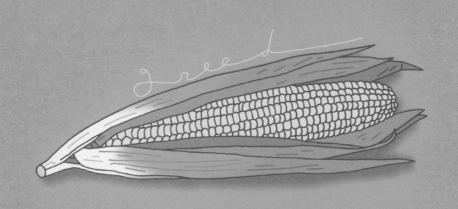

사랑받을 자격이 있는 사람.

자신마저 자신을
사랑할 수 없을 때,
자신을 사랑해줄
누군가를 간절히 찾아보지만,
자신마저 사랑하지 않는 이를
사랑할 타인은 세상에 없다.

사랑엔 자격이 없다지만
스스로를 사랑하며
반짝이는 사람이 언제나
누군가의 사랑을 받는다.

세상 대부분의 것들은
밝은 쪽을 향해 간다.

내 상처만 아픈 건 아니다.

친구와 함께 태국의 휴양지 푸켓으로 여행을 갔을 때의 일이다.

더운 날씨에 지친 우리는 가게에서 아이스크림을 사서

가게 앞 화단에 쭈그리고 앉아 먹었다.

30도를 훌쩍 넘는 더운 날씨다보니 아이스크림의 반은 먹고,

반은 녹아서 앉아있던 바닥으로 흘러내렸다.

다들 지친 터라 말없이 아이스크림에만 집중하고 있는데,

한 친구가 갑자기 비명과 함께 용수철처럼 튕겨 일어나

자신이 입고 있던 옷을 마구 벗기 시작했다.

함께 있던 우리는 놀라며 '얘가 너무 더워서 미쳤나?'라고 생각했다.

급기야 상의는 물론 바지까지 벗어 내동댕이친 친구는 팬티 하나만 걸친 채

진짜 미친놈처럼 괴성을 지르며 펄쩍펄쩍 뛰기 시작했다.

어안이 벙벙했지만 벗어놓은 옷을 보니 그의 행동이 곧 이해되었다.

친구가 벗어 던진 옷의 상의와 하의에 빨간 개미들이 우글거리고 있었다.

친구가 앉은 자리가 하필이면 개미집 위였고,

개미집 구멍을 널찍한 엉덩이로 깔고 앉아 막은 모양이었다.

심지어 달달한 아이스크림을 줄줄 흘리며 먹고 있으니,

필연적으로 개미들의 표적이 될 수밖에 없었던 것이다.

우리 모두 아이스크림에 정신이 팔려있는 사이, 개미군단을 이끌고 나온

대장 개미의 총공세 명령에 개미들이 일사분란하게 친구를 공격했다.

개미들이 붙어있는 옷은 던져버렸지만 친구의 몸에는 아직 공격 임무를

수행하는 수천의 개미들이 있었고, 친구가 난리를 치며 손으로 개미들을

털어내려 할수록 더욱더 성이 난 개미들은 친구를 사정없이 물어댔다.

결국 비명을 질러대는 친구를 돕기 위해 우리는 땀을 닦는 용도로

지니고 있던 수건을 채찍처럼 휘두르며 친구의 몸에 달라붙어있는

개미들을 털어냈다. 분노한 친구는 수건에 맞아 바닥으로

우수수 떨어진 개미들을 자비 없이 마구 밟았다.

개미에게 물려 울긋불긋한 작은 봉우리들이 생긴 친구의 몸은,

마치 어린 시절 미드에서 봤던 외계인처럼 보였다. 친구는 벗어 던진 옷을

엄지와 집게손가락만을 사용하여 조심스럽게 집어 들고는

세차게 몇 번 털고 난 후, 개미가 있나 없나를 꼼꼼히 살핀 뒤 다시 입었다.

개미 소동이 대충 수습이 되고 난 뒤, 우리가 서있던 바닥을 보니

셀 수 없을 만큼 많은 개미들이 죽어있었다.

그나마 살아있는 개미들도 몸이 성한 것은 하나도 없었다.

다리를 다쳐 기이한 걸음걸이로 도망치는 개미,

그리고 하늘로 향한 다리를 파르르 떨며 마지막 숨을 몰아쉬는 개미 등등.

마지막까지 결사항전을 하기에는 개미 입장에서 인간이란

너무 큰 존재였던지 전의를 상실한 개미들은 도망치기에 급급했다.

하지만 친구는 여전히 분노가 풀리지 않은 듯,

살기 위해 정신없이 도망치는 나머지 개미들을 쫓아다니며

기어코 모두 다 밟아 죽였다.

워낙 작아서 그 끔찍함이 낱낱이 드러나 보이진 않았지만

참혹한 살육의 현장이었다.

우리는 이제 그만하라고 말렸지만 이성을 잃은 친구는 분노를

가라앉히지 못하고 끝까지 개미를 밟아 죽이며 씩씩댔다.

그런 친구를 보니 적잖게 마음이 아팠다.

살면서 그때와 비슷한 일들을 경험한다.

당시 이성을 잃은 친구의 모습처럼,

대부분의 사람들은 자신이 저지른 어리석은 행동은 쉽게 잊고

자신이 받은 상처만을 기억한다.

상처받았을 때 내 상처를 치료하는 것도 중요한 일이지만,

나 역시 다른 누군가에게 그처럼 상처를 준 일은 없었는지를

되돌아봐야 한다.

반성은 쓰지만, 인생에서 언제나 큰 약이다.

나는 강연 요청을 종종 받는데,

강연회를 마무리하는 멘트는 20여 년째 동일하다.

사랑하지만 평소 사랑한다고 말하지 못한 이들에게

육성으로 '사랑한다.'는 말을 하라고 권한다.

'사랑한다.'는 말은 힘이 아주 세다.

그냥 툭 던져도 센 말이지만, 진심을 담은 경우에는 생각보다도 훨씬 더

힘이 센 말이다. 사람들은 그 힘을 잘 알면서도 안 하고 못 한다.

쑥스러워서 못 하고, 하지 않아도 알 거라 생각하며 안 하고,

오늘이 아닌 내일이나 그 언제쯤 할 거라고 한다.

오늘은 어제의 내일이기에, 기회를 또 내일로

미루는 사람에게 언제나 있을 것 같은 그 '오늘'은 존재하지 않는다.

어느 날은 내 강연회를 두 번째 찾은 젊은 아가씨가 내게 항의하듯 말했다.

"작가님 말씀대로 아빠에게 용기를 내어 전화해서 사랑한다고 말했더니

아빠가 저에게 "너 낮술 마셨니?"라고 해서 괜히 전화했다 싶었어요."

강연장에 온 사람들 모두가 웃었고, 나 역시 웃으며

그녀의 항의에 답해주었다.

"처음엔 그래요. 하지만 두 번이고 세 번이고 계속해서 고백을 하면,

받아들이는 분도 조금씩 바뀝니다. 지금 저에게 말씀하신 분이 평소에

아버님께 그런 표현을 잘 안 하다보니 아버님이 당황하신 걸 겁니다.

더 자주, 더 많이 하세요. 그러면 언젠가는 아버님도 쑥스럽지만 밝은

목소리로 "그래, 나도 사랑한다."라고 말씀하실 거예요."

어떤 일이든 처음에는 언제나 용기가 필요하다.

하는 사람도, 받아들이는 사람도, 처음엔 어렵다.

하지만 그 처음만 넘기면 다음부터는 아주 쉬워진다.

믿어도 된다.

그러니 오늘 하시라.

옷을 잘 입는 비결.

옷을 잘 입기로 정평이 난

친구에게 그 비결이 뭔지를 물었다.

그는 곰곰이 생각하더니 이렇게 말했다.

"일단 옷을 많이 사야지.

사서 많이 입어봐야 해.

비싼 옷이든 싼 옷이든 상관없어.

어떤 스타일이 내게 맞는지는 입어봐야 알 수 있거든.

무수한 실패를 통해 나와 맞는 게 뭔지 알게 되는 거지.

안 입어보고 어떤 옷이 나와 어울리는지 어떻게 알겠어?"

훌륭한 디자이너가 되는 것도 마찬가지다.

뛰어난 손보다 뛰어난 눈이 더 중요하다.

어떤 디자인이 좋은지 많이 보고 느끼며

좋은 디자인을 선별할 수 있는 눈을 키워야 한다.

어떤 디자인이 좋은지 모르는 사람은

아무리 손재주가 뛰어나도 좋은 디자인을 할 수 없다.

그건 마치 맛도 모르며 요리를 하는 것과 같다.

결국 많이 입어본 사람,

많이 본 사람, 많이 먹어본 사람,

그렇게 많은 경험을 쌓은 사람이 이기는 것이다.

많이 입고, 많이 보고, 많이 해보는 것,

쉬운 것 같으나 어렵고

많은 노력이 필요한 일이다.

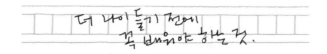
더 나이들기 전에
꼭 배워야 할 것.

일흔이 다 되어가는 성공한 사업가가

자신의 성공에 걸맞는 집을 갖고 싶다며

재능이 뛰어나고 최근 가장 유망하다는

젊은 건축가를 찾아, 자신이 살 집의 설계를 의뢰했다.

집 지을 부지를 선정하고 설계부터 시공까지

약 1년 반에 걸친 각고의 노력 끝에,

젊은 건축가는 사업가의 집을 완성했다.

그런데 완성된 집을 본 사업가가 난색을 표하며 말했다.

"잘 만들었군. 군더더기도 없고,

내가 원하는 대로 미니멀하고 세련된 집이야.

상상했던 것보다 훨씬 더 멋지지만,

이 집은 큰 흠이 하나 있네. 내 나이쯤 되면
세간살이가 많은 법인데, 이 집엔
많은 짐들을 넣어둘 공간이 거의 없군."

성공한 사업가의 말을 들은 젊은 건축가는
미소를 지으며 작지만 단호한 어조로 말했다.

"버리세요."

나이가 들면 잘 모으기보다
잘 버려야 하는 법이다.

어느 날 친구가 머리를 빡빡 밀고 내 앞에 나타났다.
평소에 찰랑거리는 자신의 머릿결을 무척이나 자랑스럽게 여기던 친구라
깜짝 놀라서 이유를 물었더니, 평생 동안 시험을 치르며 살아야만 하는
삶이 싫어 머리를 밀고 스님이 되기로 결심했다고 한다.
당황스런 마음에 나는 몇 번이나 말렸지만, 그의 뜻은 견고했고
결국 친구는 번잡한 속세를 떠나 절로 들어가버렸다.

스님이 되기 위해 떠난 친구가 잘 지내고 있는지 안부가 궁금할 무렵,
그는 머리카락이 조금씩 돋아나 밤톨 같은 머리를 하고 내 앞에 나타났다.
떠날 때의 굳은 의지와는 달리 승복도 입지 않고 떠나던 날의 줄무늬 옷을
그대로 입은 채로 말이다. 다시는 세상에 나오지 않을 것처럼 떠나더니
왜 금세 다시 속세로 내려왔느냐는 내 질문에 친구는
울상을 지으며 대답했다.

"스님이 되려면 머리를 깎고 절에 들어가기만 하면 되는 줄 알았는데,
스님도 내가 그렇게 지긋지긋해하던 시험을 보고

통과해야만 가능하더라고."

친구의 말을 듣기 전까지는 나도 머리를 깎고 속세와 인연을 끊기만 하면
스님이 될 수 있을 줄 알았는데, 아니었다. 심지어 스님이 되기 위해서는
통과해야 하는 시험이 꽤나 많았다. 본 시험을 보기에 앞서
승려로서의 자질이 있는지 시험하기 위해 꼭두새벽부터 일어나
밥을 지어야 하는 것은 기본 중에 기본이었고,
자신이 산 사람이 되려고 온 건지, 아니면 스님이 되려고 온 건지
분간이 안 될 정도로 나무를 많이 해와야 했다고 한다.
그 밖에도 온갖 허드렛일들을 도맡아 해야 함은 물론이고,
사찰 생활에 필요한 기본 의식과 그에 따르는 송경을 익히며
인내심도 길러야 했다고 한다.
그렇게 스님이 될 만한 자질이 있는지를 살핀 다음에는 정식으로
시험을 봐서 통과해야만 스님이 될 수 있는데,
목탁 두드리는 것부터 불경 외우기 등등
꽤나 많은 시험을 통과해야만 한다고 내게 투덜거리며

그간의 일들을 설명해주었다.

시험을 볼 때마다 100점을 받는 사람 외에는 시험 보는 것을

좋아하는 사람은 거의 없을 것이다.

하지만 우리는 좋거나 싫거나와 상관없이

사는 내내 시험을 본다.

좋은 학교를 들어가기 위해서 시험을 보고,

좋은 회사에 취직하기 위해 시험을 본다.

회사에 들어가서도 지긋지긋한 시험은 끝나지 않는다.

승진하기 위해 잠을 줄여 영어학원에 다니며 토익 시험을 보고,

죽는 날마저도 자신이 천당에 가기 합당한 사람인지

시험을 거쳐야 할 것이다.

이토록 속세를 떠나는 일마저도 시험을 봐야 하는 삶이라면,

시험을 포기하고 백지 답안지를 제출하기보다

조금 버거워도 성실히 임하는 편이 한결 낫다.

아무것도 안 하는 것보다는 뭐라도 하는 것이 나으니까 말이다.

우리가 시험을 통과할 수 없어

비록 스님은 못 되어도,

여전히 살아가는 '중'이니까 말이다.

오답을 활용하는 법.

내 어리석은
삶에는 단 한 번도
정답지가 없었다.
그래서 이만큼을 살고 보니
오답지가 지천으로 넘쳐난다.

'오답'의 반대말은 '정답'이므로,
삶에 어려운 일들이 닥칠 때마다
난 내 삶의 오답지들을 펼쳐 든다.
또 한 번 틀리기 위해서가 아니다.
지뢰를 밟지 않고 지뢰밭 사이를 절묘하게
걷는 것처럼, 오답을 정답 삼아 걷는다.

한 번 걸으면서 틀렸던 길,
다시 따라 걷지 않으면 정답이 된다.

그냥 잊어버려.

바람결에 그들을,

그들에 대한 생각을,

그냥 후욱~ 하고

날려보내는 거야.

복수?

복수하기 위해

칼을 간다는 것은

그들이 너에게 저지른 행위가

잘 먹혔다는 방증이야.

그냥 잊어버려.

너의 삶 속에 그들이 더 이상

거론되지 않게 그냥 잊어버려.

아무 일도 없었던 것처럼

보란 듯이 잘 사는 거야.

그 사람과는 다르게 말이야.

누군가를 내 삶에서 완전히

지운다는 것이 어쩌면 최고의 복수니까.

그러니 그만

잊어버려.

슬럼프에 빠진 너에게.

훌륭하게 선수 생활을 마치고 프로야구 해설을 하다 이제 프로야구 코치로
제2의 야구 인생을 사는 이승용과는 선수 시절부터 친하게 지내고 있다.
이제는 벌써 오래전 일이 되었지만, 승용이가 선수 시절 극심한
슬럼프 때문에 2군으로 강등 통보를 받던 날 내게 전화를 걸어왔다.
"형, 나 요즘 야구도 잘 안 되고 너무 슬럼프예요."
마치 빠져나올 수 없는 지옥 저 밑바닥에서 들려오는 소리처럼
전염성 짙은 우울한 목소리였다.

아마 승용이는 친한 형에게 전화했으니 "그래 힘들었겠구나?
형이 네 마음 안다."라는 식의 위로나 혹은 "우울하게 그러지 말고 나와라,
형이 술이나 한잔 살게."라며 따뜻한 위로 주를 기대했을지 모른다.
하지만 나는 그 기대를 단박에 저버리며 말했다.
"네가 야구를 언제 잘했는데? 이제부터 잘해야지."라고 말이다.

어쩌면 위로를 바랐던 승용이는 당시의 내게 섭섭함을 느꼈을지도 모른다.
승용이 역시도 후일 그날을 회상하며 '뭐 이런 형이 있어?'라며

서운한 마음이 들었지만, 결과적으로는 자신의 해이해진 마음을 다잡는

계기가 되었다고 그날을 웃으면서 추억했다.

그리고 다행히도 내 바람대로 숭용이는

몇 개월 후 1군으로 복귀하여 선수 생활이 끝나는 날까지 멋지게 야구를

하다가 구단이 마련해준 성대한 은퇴식과 함께 선수 생활을

잘 끝마칠 수 있었다.

선수 시절 내내 그에게 야구를 못한다며 매몰차게 굴던 나는

은퇴식 날 감정에 복받쳐 우는 그에게 처음으로 따뜻하게 말해주었다.

정말 수고했다고,

그리고 참 잘했다고.

칭찬은 좋은 것이나, 어줍지 않은 위로는

누군가에게 독이 되기도 한다.

그가 정상에 오르지 않은 이유.

산악계의 오스카상이라 불리는 황금피켈상의 한국인 첫 수상자
김창호 대장의 인터뷰가 실린 신문 기사를 우연히 접하게 되었다.
기사에 있는 소개 글을 읽어보니 그는 낭가 파르바트를 시작으로
로체, 마나슬루, 칸첸중가, 안나푸르나 1봉, 에베레스트 등
히말라야 8000미터급 14좌를 무산소로 등정한 철인이었다.

7500미터 이상 지역은 산소가 해수면의 절반밖에 안 되고
기온이 영하 30도 밑으로 떨어지기 때문에 전문 산악인들조차
죽음의 지대라고 부른다.
내가 코스타리카로 여행 갔을 당시, 여행 내내 이유 없이 피곤하고
어떤 날은 잘 흘리지 않는 코피까지 쏟아 당혹스러웠다.
이유를 알고 보니 코스타리카 지역이 해발 1200미터 정도로 고지대인지라,
저지대에 위치한 한국에서 살다가 여행온 나 같은 저질 체력의
사람들이 종종 그런 일을 겪는다고 해서 충격을 받았더랬다.
나는 고작 1200미터에서 코피까지 쏟고 난리 블루스인데, 김창호 대장은
8000미터 급 거봉들을 산소통도 없이 14좌나 올랐다니

'엄지 척!'을 안 할 수가 없다.

더욱 충격적인 사실은 그와 내가 동갑내기란 것이다.

각설하고 그의 인터뷰 기사에는 '나와 다르다.' 혹은 '나라면 어떻게

했을까?'라는 생각을 하게끔 한 내용이 있었다.

그는 강가푸르나 서봉 정상에 오를 수 있었지만, 일부러 안 올랐다고 한다.

그 말이 내게는 "내가 우사인 볼트보다 빠르게 달릴 수 있지만

그러지 않았다."라는 말과 별반 다르게 들리지 않았다.

"우리 집에 금송아지 있다." 같은 맥락의 허접한 허세라고 여긴 것이다.

남은 그의 인터뷰 기사를 다 읽기 전까지는 분명 그랬다.

"일부러 안 오르다니요?"

나와 비슷한 생각에서인지 기자는 바로 반문했다.

"완만한 능선 100미터 정도만 올라가면 정상이었는데 그냥 왔어요.

나 포함 동료 셋이서 산을 올랐는데 막내 정용이의 컨디션이 나빴거든요.

개척한 루트가 난이도가 높다보니 체력 소모가 컸어요."

"그럼 두 명만 잠깐 올라갔다 오면 되지 않습니까?"

나와 같은 생각을 한 기자가 재차 질문을 던졌다.

"세 명이 함께 새로운 루트를 개척했는데 막내 없이 산 정상에 잠시
올라갔다 내려오는 게 무슨 특별한 의미가 있겠어요?"

난 김창호 대장의 답을 들으며 소위 '우아 떤다.'라고 생각했다.

'정상에 오르는 것을 목표로 산을 올랐는데,

그 와중에 한 명의 컨디션이 나빠 정상에 함께 오르기 힘들다면

당연히 나머지 두 명이라도 정상을 밟고 와야지 무슨 소릴 하는 거야?

거기까지 그 고생을 하며 갔는데 정상을 100미터 남기고 돌아와?'

그렇게 마음속으로 그를 힐난하며, 그의 말은 전부 멋지게 보이기 위한
포장이고 끝끝내 정상에 오르지 못한 자의 핑계라고만 생각했다.

하지만 인터뷰 말미에

그가 한 의미심장한 말은, 나로 하여금 많은 생각을 하게 만들었다.

"정상에 있는 순간은 짧지만,
내려와서 같이 살아야 할 시간은 굉장히 길어요."

맞다.
우리는 찰나의 짧은 영광을 위해
인생의 많은 부분을 잃고 사는
바보 같은 삶을 살아왔다.

긴 시간을 행복하게 사는 법을
비로소 조금씩 알게 된다.

나는 애쓰지 않고 살고 있습니다만.

당신을 잊기 위해

당신을 떠올리지 않기 위해

나는 애쓰지 않고 살고 있습니다만.

당신은 나를 잊으려고

당신은 나를 떠올리지 않기 위해

애쓰며 살고 있지는 않는지요.

그런 나를 보며 당신은,

당신을 위해 아무것도 애쓰지 않는다며

나를 또 책망하고 계신 건 아닌지요.

나는 이렇게

애쓰지 않고 살고 있습니다만.

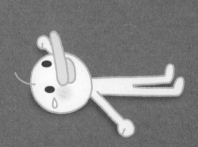

서로 잘되기를 빌어주지는 않는다 해도.

별로 친하지 않은 후배에게서 전화가 걸려왔다.

공직에 있지만 공직자 같지 않은 모습이기에 멀리하던 후배였다.

잠시 받을까 말까를 망설이다가 통화 버튼을 눌렀다.

전화를 받으며 "여보세요?"라고 했지만 전화기 너머의 후배는

통화 대기음이 길어지자 내가 전화를 안 받는다고 판단했었나보다.

전화기를 귀에서 떼고 함께 자리하고 있는 사람들에게 으스대며

떠드는 그의 목소리가 내게 꽤나 선명하게 들려왔다.

"아, 이 자식 봐라. 내 전화를 안 받네."라는 말과 함께 그와 함께한

좌중의 웃음소리가 들렸다. 뒤이어 그는 내가 전화를 받으면 자신이

가만 안 두려고 했다며 너스레를 떨기까지 했다.

아마 나를 아는 몇몇의 사람들이 모여 내 욕을 하고 있었던 모양이다.

그들의 이야기를 조용히 듣다가 내가 "여보세요?"를 크게 몇 번 더 외치자

내 목소리가 작게나마 들렸는지 뒤늦게 당황해하며 후배가 전화를 받았다.

그의 말을 들었던 나는 서늘하게 따져 물었다.

"통화가 되면 날 가만 안 둔다니, 그래 날 어떻게 할 거니?"

후배는 내 서늘함에 놀라 허둥대며

그 말은 다른 사람에게 한 이야기라고 둘러댔지만,

여러 정황상 명백히 나를 겨냥한 말임이 틀림없었다.

화가 났지만 이내 진정하려고 노력했다.

어차피 안 보려고 마음먹은 사람이라고 생각하니

사실 그리 화날 일도 아니었다.

하지만 한때 절친한 후배였기에 진위 여부를 떠나 사람들을 모아놓고

타인을 함부로 말하는 일에 대해서는 꼭 해주고 싶은 말이 있었다.

"내가 널 잘되게는 할 수 없어. 하지만 내가 널 망치기는 쉬워.

너도 그럴 거야. 너도 내가 잘되게 하기는 어렵겠지만, 날 망가뜨리는

일은 그리 어렵지 않겠지. 하지만 그렇게 하는 게 서로에게 뭐가 좋은

일이겠니? 서로가 잘되기를 빌어주지는 않아도 나쁜 말은 삼가자."

살면서 많이 겪어왔다.

애를 써도 누군가를 잘되게 해주는 일이 어렵다는 것을.

살면서 많이 봐왔다.

누군가가 쉽게 놀린 세 치 혀로 인해 지옥으로 떨어지는 많은 사람들을.

1991년 전체 4순위로 덴버 너기츠에 지명된 무톰보는

218센티미터의 거구로 NBA 첫 시즌부터 대단한 수비 능력을 발휘해

너기츠의 주전 자리를 꿰차며 승승장구했다.

무톰보는 당시 농구 황제라고 불리는 마이클 조던이 속한

시카고 불스 팀과 맞붙으며, 조던도 자신 앞에서는

자유롭게 덩크 슛을 하지 못할 거라고 주변에 호언장담했다.

하지만 자신의 생각과 달리 조던의 공격에 번번이 수비가 뚫리자

약이 오른 무톰보는 거칠게 파울을 범하며 조던을 도발했다.

경기가 끝나기 직전 자유투를 얻어낸 조던이 자유투 라인에 서서

슛을 준비하고 있는데 무톰보가 조던에게 도발적인 말을 건넸다.

"당신이 농구의 신이라면 자유투는 눈을 감고도 넣지 않겠어?"

무톰보의 말에 조던은 빙긋 웃으며 답을 했다.

"Hey Mutombo, this one's for you, baby."

그 말과 함께 조던은 눈을 감은 채 자유투를 던져 아주 깨끗하게

성공시킨 뒤 자신의 코트로 돌아가며 무톰보에게 이렇게 말했다.

"Welcome to the NBA."

어떤 위치에 있건 늘 나보다 뛰어난 사람이 있기 마련이다.
그런 그를 이기기 위해서는 그를 뛰어넘겠다는 의지와 자신감도
중요하지만, 앞서 있는 그를 존중하고 인정하는 것이 먼저다.
그래야 그와 달리 내가 가장 잘할 수 있는 게 무엇인지 알게 되고,
그것을 살려 내 방식대로 최고가 될 수 있다.
언제나 겸손이 실력을 살찌우는 법이다.

66 기로 가는게 맞을까?
묻는 녀석에게.

선생님이 맨 앞줄에 있는 학생에게 문제를 낸다.

"2 더하기 2는 뭐죠?"

확신에 찬 듯한 학생은 의기양양하게 3이라고 대답한다.

그 광경을 지켜보며 맨 뒷줄에 앉아있던 나는 '뭐지?'라며 의아해한다.

같은 질문을 받은 두 번째 줄의 학생도 망설임 없이

답을 3이라고 말한다.

나는 '뭐야 저 녀석도 틀리네?'라고 의아해한다.

'어려운 문제도 아닌데 왜 다들 틀리는 거지?'라고 생각하며

선생님이 낸 문제를 다시 한 번 곱씹어보지만,

아무리 생각해도 내 답은 역시 4이다.

선생님은 연이어 세 번째 학생에게도 같은 문제를 물어본다.

세 번째 학생도 앞의 두 학생처럼 답이 3이라고 말한다.

나는 생각한다. 내가 모르는 뭔가가 있나?

혹시 질문에서 내가 놓친 것이 있나 다시 한 번 생각해보지만

내 답은 여전히 4였고, 내가 고민하는 사이 네 번째 학생도,

다섯 번째 학생도, 그리고 내 앞의 여섯 번째 학생마저도

앞의 다른 학생들과 같이 답이 3이라고 말한다.

드디어 내 차례가 되었다. 선생님은 내게 똑같은 문제를 던졌다.

"2 더하기 2는 뭐죠?"

나는 다른 학생들처럼 바로 답을 말하지 못했다.

내 동공은 상하좌우로 빠르게 움직이며 흔들리는 내 마음을 대변했고,

앞의 친구들의 답을 들으며 내 답에 확신이 없어진 나는 망설이며 말했다.

"…3 아닌가요?"

세상 사람들이 모두 나와 다른 답을 말한다는 것은,

내 답이 틀린 답이라는 방증일 수 있다.

하지만 반대로 생각해보면 내 답이 단 하나의 정답일 수도 있다.

세상의 모든 길이 그렇다.

세상 사람들이 가라고 한 그 길이 다 맞는 길은 아니며,

그 어떤 길도 스스로 가보지 않고서

확신할 수 있는 길은 없다.

줄다리기에서
꼭 이길 필요는 없어.

줄다리기를 할 때

똑같은 힘으로

서로 똑같이 잡아당긴다면,

굵지 않은 인연의 줄은 끊어질 것이고

굵은 줄은 서로를 지치게 할 것이다.

차라리 놔야지.

한쪽에서 놔야지만

새로 시작할 기회라도 열리는 법.

인연은 어차피 한쪽이 또 다른

한쪽으로 넘어가기 위한 것.

내 쪽으로 그가 넘어오든,
내가 그쪽으로 넘어가든.

꼭 내 쪽으로 넘어올 필요는 없어.
내가 넘어가도 괜찮은 일이야.

그러니 힘을 빼도 괜찮아.
때론 줄을 놔도 괜찮아.

기술이 없으면 어때?
이곳 풍경도 나쁘지 않은데.

난 버스 타는 것을 좋아한다.

어린 시절에는 눈앞에 보이는 아무 버스에나 올라

낯선 동네의 풍경을 보고 있으면 여행하는 느낌이 들었다.

태어나서 처음 가보는 낯선 동네에 내려서

낯선 골목길을 거닐면 이유는 알 수 없지만 기분이 좋았다.

다시 내가 사는 곳으로 돌아와야 한다는 조바심이 조금은 있었지만,

낯설음이 주는 약간의 불안감은 이상하게도 묘한 쾌감과 맞닿아있었다.

하지만 나이가 들면서는 세상 살아가는 일이 쉽지 않아서인지

어린 시절의 돌발적인 버스 여행 같은 여유를 다시 부리긴 쉽지 않다.

그렇게 작은 여유마저 잃어버린 나를 보며, 여전히 철들지 않았지만

철든 척하며 살아가는 나를 발견한다.

약속이 있어 어디론가 향할 때면 스마트폰을 켜고 모바일 어플을 연다.

출발지와 목적지를 입력하고 '대중교통'이라고 적힌 버튼을 누르면

내가 어느 정류장에서 몇 번 버스를 타서, 어디에 내려야

목적지에 도착하는지를 정확히 알 수 있는 '신박한' 세상이 되었다.

목적지만 안다면 예전처럼 헤매지 않아도 되는 세상인 것이다.

세상 사는 일도 어플에 입력하는 것처럼
출발지와 목적지가 정확하다면 좋겠지만, 그런 경우는 흔치 않다.
인생이라는 버스를 타고 가다보면 여기서 내려서 걸어가야 하는지,
아니면 어디서 어떻게 갈아타야 맞게 가는 것인지,
내 인생은 늘 불분명했다.

때론 창밖으로 흘러가는 풍경이 너무 좋아서,
혹은 피곤에 지쳐 졸다가 그만 내려야 할 목적지를 지나쳐버린 경우도
셀 수 없을 정도로 많다보니, 삶의 대부분을 목적지가 아닌
어디론가 향하는 길 위에서 헤매었다.
어릴 때는 그런 나를 어른들이 '똑똑하지만 산만한 아이'라고 불렀으며,
어른이 된 지금은 주변 사람들로부터 '철없는 어른'이라고 불린다.

난 아직도 내 목적지가 어딘지 모른다.

여전히 어디서 내려야 할지 모르겠고,

또 어디서 내려서 무엇으로 갈아타야 도착 후에

'이곳이 그토록 내가 헤매며 오려고 애썼던 곳'이라고 여기며

안도의 숨을 쉴 수 있게 될지 아직까지도 짐작조차 되지 않는다.

의도하진 않았지만 어쩌면 난 어린 시절 그때 그 버스 여행처럼

목적지를 알 수 없는 버스를 타고 계속 어디론가 향하고 있는지도 모른다.

사람들은 목적지 없이 어디론가 향해 가는 나를 당사자인 나보다

더 불안한 눈으로 바라본다.

"어디로 가려는 거니?"

"너의 목적지는 어디니?"라는 질문을 쉼 없이

내게 쏟아낼 때면 나는 빙긋 웃으며 대답한다.

"이 버스에 올라타고 나서 조금 후에

내가 원하는 목적지로 가는 버스가 아니라는 것을 알았지만,

서둘러 급하게 내리고 싶지는 않았어. 왜냐하면

지금 이곳 풍경도 그리 나쁘지 않거든."

그래, 너의 잘못이 아닐지도 몰라.
다만.

'괜찮다.

너의 잘못이 아니다.'란 위로의

말을 듣고 싶었니?

그래, 어쩌면

그들의 말처럼 지금 너에게 있었던

일들이 너의 잘못이 아닐지도 몰라.

하지만 누군가가 너에게

쉽게 건네는 괜찮다는 말에 현혹되어,

너 아닌 다른 사람의 탓을 하거나

세상 탓만으로 돌려서는 안 돼.

그렇게 해서 마음이 풀리고

그것이 삶의 새로운 동력이 된다면야 좋겠지만,

다른 사람의 탓으로 돌리거나 세상을 탓해도
너의 지금 상황이 바뀌는 일은 없을 거야.

지금 너에게 일어난 일들은
한겨울 네 집 앞에 온 눈이야.
집 앞에 쌓인 눈을
다른 사람이 치워주진 않아.

그러니 누구도 탓하지 말고
어서 빗자루를 잡으렴.

늘 다짐만 하는 너에게 해주고 싶은 말.

사랑을 놓치고 후회한다.

다음번에는 절대 그러지 말아야지.

중요한 일을 놓치고 후회한다.

다음번에는 절대 그러지 말아야지.

사랑을 놓치고, 중요한 일을 놓치고 매번 다음에는 그러지 말자고 다짐한다.

흘러가는 강물 앞에서 너는 또 고민한다.

'난 이 강물에 뛰어들 수 있을까?'

네가 고민하는 사이, 네가 뛰어들고자 했던 강물은

이미 한참 전에 지나가버렸다는 것도 모른 채.

'다음번엔 절대 그러지 말아야지.'라고 하며

늘 후회만 하는 너에게 지금 필요한 것은 용기다.

두 번도 말고

딱 한 번만,

지금.

너만의 방식대로 즐겁고 행복하때, 살 수 있기를.

무료한 마음에 TV 채널을 이리저리 돌리다 〈백년손님〉이란 프로그램을

보게 되었다. 사위를 혼자 처가로 보내 며칠 동안 장인 장모와 함께

지내게 하는 프로그램인데, 그날의 출연자는 국제변호사이자 방송인인

로버트 할리였다. 사위 사랑은 장모라고, 방년 88세인 로버트 할리의

장모는 처가를 방문한 사위를 위해 정성스레 삼계탕을 끓여 두었다.

잠시 뒤 장인과 장모, 로버트 할리는 잘 차려진 밥상 앞에 앉아 식사를

하기 시작했다. 할리는 "맛있네에~."를 연발하며 삼계탕을 먹는데,

맞은편에 앉아 식사하던 92세의 장인은 몇 숟가락을 떠서 먹다가

뭐가 불만인 건지 정체를 알 수 없는 하얀색 가루를 밥숟가락으로 퍼서

연거푸 삼계탕에 넣었다.

그 하얀색 가루가 소금이라 생각한 할리는 놀라며 말했다.

"아버님, 와예 그렇게 짜게 드십니까? 그렇게 드시면 큰일납니더."

그러자 장인은 자신의 행동에 놀란 사위를 안심시키기 위해서였는지,

"이거 소금 아니야. 이거 설탕이야, 설탕."이라고 말하며 세 숟가락을

더 퍼서 삼계탕에 넣었다.

할리는 아까보다 더 놀라며 비명을 지르듯 말했다.

"소금이 아니고 설탕이라고예? 아이고, 그렇게 드시면 당뇨 걸립니더."

사위인 할리의 만류에도 불구하고 장인은 삼계탕뿐만 아니라 자신이 먹는

모든 반찬에 눈이 와서 하얗게 쌓인 것처럼 설탕을 소복하게 뿌렸다.

장인의 기이한 식습관에 놀란 할리는 펄쩍 뛰면서

"큰일이네에."를 연발하며 장인에게 다음 날 시간을 꼭 내서 근처 병원에

같이 가보자고 했다.

그렇게 먹으면 필시 당뇨가 있을 거라고, 빨리 가서 진찰을 받고

만약 당뇨 수치가 높으면 지금이라도 약을 복용하고 식습관도

고쳐야 한다고 정색을 하기도 했다.

그런 사위의 반응에 장인은 껄껄 웃으며 말했다.

"내가 이렇게 먹기 시작한 지 20년이 넘었거든.

그때도 내 친구들이 나한테 '너 그렇게 먹다간 병 걸려서 일찍 죽는다.'고

했지. 근데 그때 나한테 그렇게 말한 놈들, 지금은 다 죽고 없어."

내 나이쯤 되면 저절로 알게 되는 것이 있다.

의사는 아니지만 주변인들을 보며

'이래서 혹은 저래서 병에 걸리게 되는구나.'라는 통계가 얼추 나오는데,

병에 걸리기 쉬운 사례의 첫손가락에 꼽히는 것이 바로 가족력이다.

아버지가 대머리인 경우엔 '저 모습이 내 미래의 모습이구나.'라고

자식들이 생각하는 것처럼, 부모님 중 어떤 특정한 병에 걸려 돌아가신

분이 있다면 그 병을 늘 조심하고 잘 살피며 살아가야 한다.

그래서 좋은 의미에서든 나쁜 의미에서든 '피는 물보다 진하다.'란 말이

있는 것이다. 그러한 가족력이 없다면 그다음 피해야 할 것은

바로 스트레스이다.

스트레스가 모든 병의 근원이라는 말에 전적으로 동의한다.

대부분의 의사들도 하는 말이니 이 말을 믿어도 좋을 것이다.

즐거운 마음으로 행복하게 사는 삶 속에는 병도 잘 깃들지 못한다.

'이렇게 살아야 한다.' 혹은 '저렇게 살아야 한다.' 따위의 말은,

결국 내 삶의 구경꾼이 하는 말일 뿐이다.

내 삶의 방식이 나를 망치고 주변 사람들마저 괴롭힌다면

그 삶의 방식을 바꿔야겠지만,
타인에게 피해를 주지 않고 그로 인해 내 삶 또한 즐겁고 행복하다면
내가 어떤 방식으로 살든지 상관이 없는 일이다.

이렇게 살아라, 저렇게 살아라, 했던 이들도 돌아서자마자
자신들이 한 말을 바로 까먹을 만큼 대부분의 사람들은 사실 타인에게
별로 관심이 없다. 내 삶을 대신 살아줄 것도 아닌 이들의 눈치를 보며
내 삶의 방식까지 바꾸어가며 살 이유는 조금도 없다.

나는 당신이 타인의 눈치 보지 않고
자신만의 방식대로 즐겁고 행복한
삶을 살기를 권하고 싶다.

EPILOGUE

성적표에서

'가'의 의미

지금은 일제의 잔재라며 사라져버렸지만

내가 어렸을 때는 수, 우, 미, 양, 가로 성적을 매겼다.

당시 공부를 지독히도 못했던 나는 '수'가 가득한 친구의 성적표를 엄청 부러워했다.

반면 '가'로 가득 찬 내 성적표를 볼 때면 저절로 한숨이 터져 나왔다.

그리고 너무나 부끄러웠다.

그래서 어느 날은 부모님 몰래 성적표에 부모님의 확인 도장을 찍어 가려고 했다.

하지만 엄마에게 들켜버렸고 순간 나는 수치심과 죄스러움에

그만 울음을 터트리고 말았다.

아들의 서러운 울음이 안쓰러웠는지 엄마는 나를 혼내지 않았다.

대신 '가'로 가득 찬 성적표를 한참 동안 물끄러미 바라보던 엄마는

문득 나에게 수, 우, 미, 양, 가의 뜻을 말해주셨다.

"'수'는 한자로 빼어날 수, '우'는 넉넉할 우, '미'는 아름다울 미,

'양'은 어질 양이란다. 그리고 우리 아들이 많이 받은 '가'는 '가능할 가'야.

'가'가 이렇게 많은 걸 보니 우리 아들은 가능성이 많은가보다."

못난 아들의 성적표에 실망하고 화가 나셨을 텐데도

엄마는 내게 그렇게 말씀해주셨다.

그 말은 그동안 내내 미운 오리라는 소리를 들으며

가시가 뾰족하게 서있던 나의 마음을 울렸다.

그 뒤로 스스로를 미워했던 나는 나를 조금씩 사랑하기 시작했다.

어른이 되어 돌이켜보니 미운 오리도, 그 미운 오리의 엄마도

참 힘들었을 거란 생각이 든다. 이제 그 미운 오리와

미운 오리의 엄마에게 '참 잘했어요.'라고 말해주고 싶다.

참. 참. 참. 잘했어요.

교 과 학 습 발 달 상 황

구분 / 교과		학 습 도 달 목 표	1학기 매우잘함	잘하는편임	보통임	노력을요함	좀더열심히	2학기 매우잘함	잘하는편임	보통임	노력을요함	좀더열심히	종합판정
바른생활	도덕	개인생활의 기본적 규범을 이해하고 준수한다.											가
		사회생활의 기본적 규범을 이해하고 준수한다.											
		국민으로서 궁지와 애국심을 가지며 국제사회를 이해한다											
		공산당의 침략성을 경계하고 민주주의의 우월성을 인식한다.											
	국어	국어에 관한 초보적인 이해를 갖는다.											가
		말과 글을 통하여 생각과 느낌을 바르게 표현한다.											
		글을 즐겨읽고 아름다운 정서를 갖는다.											
	사회	공동생활의 원리를 이해하고 민주생활의 특질을 파악한다.											가
		인간생활과 자연환경과의 관계를 파악한다.											
		우리민족의 발전과정과 민족문화의 특질을 이해한다.											
		사회적사실과 현상에 관한 문제를 바르게 이해한다.											가
		민주생활을 습관화하고 국토애, 민족애, 인류애를 갖는다.											
슬기로운생활	산수	수량과 도형에 대한 기초적인 개념, 원리, 법칙을 이해한다.											가
		기초적인 계산의 기능을 익혀 일상생활에 적용한다.											
		일상생활의 여러가지 사실을 합리적으로 처리한다.											
	자연	자연현상을 이해하는데 필요한 기초적인 개념을 안다.											가
		자연현상에 흥미를 갖고 과학적으로 관찰하는 태도를 갖는다.											
		자연현상을 탐구하는 초보적인 방법을 습득한다.											
즐거운생활	체육	간단한 운동에 즐겁게 참여하며 기초적인 운동기능을 갖는다.											가
		운동과 건강생활에 필요한 기초지식을 습득, 실천한다.											
		운동의 규칙과 예의를 지키고 서로 협력하는 태도를 갖는다											
		운동에 흥미를 갖고 여가를 선용하며 즐거운 생활을 한다.											
	음악	단순한 악곡을 스스로 독보하며 듣고 적을 수 있다.											가
		악곡을 창조적으로 표현하며 음악활동에 즐겁게 참여한다.											
		악곡과 연주의 특징을 이해하고 음악을 애호하며 즐긴다.											
	미술	자기의 느낌과 생각을 표현할 수 있는 조형능력을 갖는다.											양
		자연과 조형품의 아름다움을 감상하고 애호한다.											
실과		가족성원으로서의 보람을 갖고 자조, 근면, 협동을 실천한다.											
		생활주변의 간단한 일을 스스로 선택, 계획, 실천한다.											
		생활자원을 합리적으로 활용하는 현명한 소비자가 된다.											
		직업세계에 대한 관심을 갖고 작업을 존중한다.											

특기사항	1학기	머리는 좋으나 집중력이 부족하고 주의가 산만합니다. 2학기엔 분발하여 잘 할 수 있도록 격려부탁드립니다.
	2학기	끈기가 부족하고 공부에 열의가 없어 학업 성적이 매우 부진합니다. 많은 관심과 격려가 필요합니다.

행 동 발 달 상 황

행동특성	행 동 도 달 목 표	1학기	2학기
근 면 성	어려운 일을 회피하지 않고 자기에게 주어진 일을 모든 노력을 다하여 끝까지 끈기있게 해 나간다.	㉮나다	㉮나다
책 임 성	자기의 의무와 책임을 끝까지 수행하며 과오가 있을 때에는 일을 남에게 전가하지 않고 솔직히 인정한다.	㉮나다	㉮나다
협 동 성	자기의 이익보다 집단의 이익을 우선적으로 존중하며 협동하여 문제를 해결해 나간다.	㉮나다	㉮나다
자 주 성	모든 일을 스스로 계획하고, 결정하며, 자기의 의견을 정당하게 주장한다.	가㉯다	가㉯다
준 법 성	학교의 규칙, 사회의 규범, 공공질서를 잘 지킨다.	㉮나다	㉮나다

특기사항	1학기	심성은 곱고 예절은 바르지만 소심하고 적극성이 부족합니다.
	2학기	표정이 밝고 친절하며 급우들과도 원만하게 지내는 편입니다.

특 별 활 동 상 황

학 기	활동부서	활 동 상 황	출 석 률
1			
2		관심 있고 적극적임.	

신 체 발 달 상 황

키	몸무게	가슴둘레	앉은키	시력 왼쪽	시력 오른쪽
125 cm	28 kg	63 cm	70 cm	.	.

건강상태	양호함.

출 석 상 황

구분 \ 월	3	4	5	6	7	8	9	10	11	12	1	2	계
출 석	26	23	25	25	12	5	22	24	26	18	.	15	221
결 석	.	.	.	.	.	.	.	.	.	.	.	.	.
지 각	.	.	.	.	.	.	.	.	.	.	.	.	.
조 퇴	.	.	.	.	.	.	.	.	.	.	.	.	.

박광수

사람과 세상을 향한 가슴 따뜻한 이야기를 담은 '광수생각'으로 평범한 사람들의 일상을 감동적으로 그려낸 만화가이자 작가.
그는 50여 년 가까이 꾸준히 '말썽꾸러기'로 살며 '미운 오리 새끼'라는 말을 들어왔다. 그래서 '참 잘했어요.'라는 칭찬을 듣고 싶었지만
결국 듣지 못했다. 하지만 그렇다고 해서 그는 동화처럼 백조를 꿈꾸지 않는다. 지금 이대로도 충분히 사는 게 즐겁기 때문이다. 그는 말한다.
"누가 뭐라고 하든 즐겁고 행복하게 자신만의 방식으로 당당하게 살아가는 세상의 미운 오리 새끼들이여, 건투를 빈다!"

저서로는 250만 독자의 사랑을 받은 《광수생각》 외에도 《참 서툰 사람들》, 《문득 사람이 그리운 날에는 시를 읽는다》,
《살면서 쉬웠던 날은 단 하루도 없었다》, 《러브》, 《광수 광수씨 광수놈》 등이 있다.